KB115640

도시 마도사 7

네르가시아 장편소설

초판 1쇄 찍은 날 § 2017년 5월 18일
초판 1쇄 펴낸 날 § 2017년 5월 25일

지은이 § 네르가시아
펴낸이 § 서경석

편집책임 § 최지원

펴낸곳 § 도서출판 청어람
등록번호 § 제387-1999-000006호
등록일자 § 1999. 5. 31
어람번호 § 제1-2698호

주소 § 경기도 부천시 부일로 483번길 40 서경B/D 3F (우) 14640
전화 § 032-656-4452 팩스 § 032-656-4453
http://www.chungeoram.com
E-mail § chungeorambook@daum.net

ISBN 979-11-04-91332-7 04810
ISBN 979-11-04-91082-1 (세트)

도시
[완결]
7
네르가시아 장편소설
FUSION FANTASTIC STORY
마도사

도서출판
청어
람

차례

CONTENTS

제1장
기억의 조각들

강원도 삼척의 한 지하실에 피떡이 된 소환술사 쿤타가 의자에 묶인 채 앉아 있다.

그는 거칠게 숨을 몰아쉬며 자신의 앞에 선 카미엘을 바라보았다.

"…죽일 거면 깔끔하게 죽여다오."

"그럴 수야 없지. 우리도 건질 것이 있어야 네놈을 죽이든 말든 할 것이 아닌가?"

"……."

"궁금한 것이 많아. 순순히 대답하는 것이 네놈에게 좋을 거야."

사지가 절단되어 마법도 쓸 수 없어진 쿤타는 이제 할 수 있는 것이라곤 생각밖에 없었다.

잠시 후, 카트리나가 작은 화분을 하나 들고 왔다.

"…그건 또 뭐냐?"

"네놈이 입을 열지 않을 경우를 대비해서 만들어둔 것이지."

화분 안에는 온통 검은색뿐인 묘목이 한 그루 자리 잡고 있었는데, 그 안에선 가공할 만한 마력이 뿜어져 나오고 있었다.

쿤타는 그것을 보자마자 정체를 간파하였다.

"…마계화?!"

"그래, 마계에서 피었다는 그 꽃이다."

그는 세차게 고개를 좌우로 흔들었다.

"이런 제기랄! 그런 극악무도한 짓을……!"

"네놈이 한 짓거리에 비하면 아무것도 아니지."

마계화는 인간의 신체를 구성하고 있는 신경에 서서히 침투하여 극한의 고통을 주고 종국에는 정신 이상에 이르게 만드는 무시무시한 몬스터였다.

생긴 것은 평범한 묘목이지만 그 안에 들어 있는 독기와 마기는 인간의 신체를 허물어뜨리는 작용을 한다.

한번 잠식하면 그대로 생을 마감할 때까지 고통 속에서 살아갈 수밖에 없는 극악무도한 기생력을 자랑한다.

"마계화는 기생식물이다. 그와 동시에 몬스터지. 이놈은 지금 벌써 두 달째 양분을 먹지 못했다. 원래는 이보다 열 배는 더 커야겠지만 양분을 먹지 못해서 서서히 죽어가는 중이다. 이놈이 네게 빨대를 꽂으면 과연 어떻게 될지 궁금하군."

"…이런 잔인한 년을 보았나?!"

"년? 아직도 상황 파악이 안 되는 모양이군."

그녀는 마계화의 잎사귀 부분을 쿤타의 콧잔등에 살며시 가져다 대었다.

우드드드득!

순간, 잎사귀에서 촉수가 뻗어 나와 쿤타의 콧구멍을 타고 몸속으로 쑤욱 들어가기 시작했다.

쿤타의 눈동자는 이내 흰자위밖에 남지 않았고 코와 입에선 검은색 피가 주룩주룩 흘러나왔다.

"크, 크허어억!"

"예의를 갖추어라. 그렇지 않으면 마계화의 노예가 될 것이다."

그녀는 쿤타의 콧구멍을 타고 흘러들어 가는 마계화의 촉수를 칼로 절단해 버렸다.

촤락!

순간, 마계화의 촉수가 시들어 버리더니 이내 평범한 묘목으로 돌아왔다.

"크헉, 크헉! 이런 씨발!"

"욕?"

"…나더러 어쩌란 것이냐?!"

"어쩌긴, 우리가 원하는 것이 무엇인지 잘 알고 있잖아? 그걸 해주면 끝이다. 더 이상 바라는 것은 없어."

"빌어먹을!"

"자, 선택지를 주겠다. 우리를 따르든지, 이 자리에서 마계화의 노예가 되든지."

쿤타는 가만히 고개를 푹 숙였다.

"후우……."

"시간을 좀 줘?"

"…그럴 필요 없다. 이미 결정했으니까."

"마음의 준비가 다 된 것인가?"

"그렇다."

그는 카트리나에게 물을 한 병 요구하였다.

"물이 먹고 싶군."

"처먹고 싶으면 입부터 먼저 열어."

"입이 깔깔해서 말이 나와야 말이지. 물 한 병 주는 것이 그렇게 어렵나?"

"네놈이 무슨 꼼수를 쓸지 몰라서."

"…그럴 일 없어. 그냥 물이 먹고 싶을 뿐이다."

"뭐, 그 정도야."

그녀는 생수를 한 병 꺼내어 그의 입에 그대로 쏟아부었다.

좌라라락!

입과 코로 물이 들어가면서 사레가 들려 그의 입에선 연신 물이 뿜어져 나왔다.

"쿨럭쿨럭! 이런 성질 더러운 년을 보았나?!"

"나는 달라는 대로 주었다. 그런데도 불만이라니, 네 성격이 이상한 것이겠지."

"끄응."

이제 그가 제대로 입을 열어 정보를 제공해 줄 차례가 왔다.

"자, 처마셨으니 이제 얘기를 좀 해봐."

"좋아, 못 할 것도 없지."

그는 지금까지 일어난 일에 대한 전반적인 배경부터 얘기하기 시작했다.

"일단 우리가 왜 포털을 타고 이곳까지 왔는지가 중요하다."

"그거야 차원이 무너져 내리고 있었으니 당연한 일 아니던가?"

"그런 이유도 있지. 하지만 우리는 그보다 더 고차원적인 이유를 가졌다. 그것은 바로 몬스터 왕국의 개국이다."

"개국?"

카미엘이 혀를 찼다.

"허어, 이곳에 나라를 세우기 위해서 왔단 말인가?"

"단 한 명의 군주로 이뤄진 제국, 우리는 그 제국을 위해서 지금까지 목숨을 바쳐가며 일해온 것이다."

"그래서, 그 군주는 누구인데?"

"복제술사 카일런이다."

순간, 카미엘의 얼굴이 잔뜩 일그러졌다.

"…배신자 카일런 말인가?"

"너희들은 카일런 님을 그렇게 불렀지. 그렇다. 우리가 황제로 옹립하려던 사람은 바로 카일런 님이시다."

카일런은 인류가 몬스터에게 공격을 받던 시절 자신의 안위와 목숨을 위해 기사단 수뇌부와 마탑의 수뇌부 중 일부를 회유하여 신기술이 담긴 무기를 들고 도망간 마도학자였다.

그는 마력을 컨트롤할 수 있는 능력이 있긴 했지만 자질이 워낙 못나서 큰 마법사는 되지 못한 실패자였다.

하지만 당시의 인류는 새로운 마법과 신무기를 개발하여 몬스터에게 대항하려 하고 있었기 때문에 그것을 탈취해서 손에 넣는다면 막강한 힘을 얻게 된다.

그러나 카미엘과 카트리나는 그가 탈취한 무기에 대한 정보를 거의 알지 못하는 상황이었다.

당시의 전장은 워낙 치열하였고 신무기와 새로운 마법이 이제 막 세상에 공개되려는 시점이었기 때문이다.

"신무기는 무엇인가?"

"혹시 지그스터 시스템이라고 들어본 적이 있나?"

"지그스터?"

"가장 원시적인 몬스터, 애벌레의 형태이지만 그 어떤 몬스터로도 분화할 수 있는 개체가 바로 지그스터이다. 그 지그스터에 각종 유전자 정보와 마력을 부여하여 한 종족을 창안해 낼 수 있는 시스템이 바로 지그스터 시스템이다."

"으음."

"지그스터 시스템은 몬스터를 대량으로 생산할 수 있는 생체 건물과 유전자 개량 체계를 가지고 있다. 한마디로 포털을 현실에 옮겨놓은 것이나 다름이 없지."

"그런 시스템이……?"

카트리나는 그의 증언에 공분을 감추지 못했다.

"이런 빌어먹을 새끼들을 보았나?! 만약 우리 인류에게 그런 시스템이 있었다면 적어도 몬스터에게 유린당하지는 않았을 것이다! 너희들은 인류의 마지막 불꽃을 빼앗아 달아난 역적들이다!"

"후후, 그게 그리 간단한 문제가 아니다. 우리가 지그스터 시스템으로 몬스터를 밀어낸다고 해도 남는 것이 뭐냐? 어차피 황족이나 귀족들이 다시 정권을 잡아 우리에겐 남는 것이 없을 텐데. 어차피 세상은 강한 자만이 살아남는 냉혹한 곳이다. 우리는 볼모지에서 노예처럼 살아가는 것 대신 새로운 제국을 구축할 것을 다짐한 것뿐이다."

"…버러지 같은 새끼들!"

카미엘은 이 지그스터 시스템의 원형이 몬스터에게서 왔고 그것을 마법사들이 연구하고 있다는 것쯤은 알고 있었다. 하지만 이것이 현실적으로 실현 가능한 이론이라곤 생각하지 못했다.

"미친놈들이군. 이것으로 인류를 장악하려 했다니……."

"어차피 우리는 갈 곳도 없는 이방인이다. 우리가 자리를 잡으려면 그만한 힘이 필요하지. 그래서 지금과 같은 일을 벌인 것뿐이다."

"그렇다면 제주도에서 일어난 그 실험들은 모두 군단을 조직하기 위한 일이었나?"

"물론이다. 어찌 되었든 간에 유전자의 다양성이 있어야 지그스터가 군단을 이룰 수 있다. 우리는 그 군단을 이끌 '오메가'를 만들어내는 실험을 한창 진행 중이었지. 그 실험은 거의 성공 단계에 이르렀다. 한 명의 오메가가 족히 일만의 군대를 지휘할 수 있고 그 오메가들은 다시 황제의 통제를 받게 된다. 모든 것은 정신력이 지배하는 것이지."

카미엘과 카트리나는 이들이 계획하고 있는 모든 것이 현실로 다가온다면 지구는 금세 멸망을 맞이할 것이라고 확신했다.

"지금까지 이곳에 몬스터가 창궐한 것도……."

"우리의 계획이다. 몬스터를 개량하자면 실험이 필요해. 그리고 그것을 실험하는 데 들어가는 돈도 만만치가 않지. 그 모든 것을 충족시키자면 방법은 하나뿐이다."

"공격."

"그래, 인류를 공격해야 우리가 쓸 돈이 슬금슬금 기어 나오는 것이지. 생존을 위해선 어쩔 수 없는 선택이었다.

"…어쩔 수 없는 선택이라니, 말 같지도 않은 소리를 해대는군."

"그거야 보는 관점에 따라서 다른 것이고."

모든 것을 털어놓은 쿤타는 조용히 눈을 감았다.

"자, 그럼 나는 모든 것을 털어놓았다. 이젠 순순히 죽여다오."

"으음, 그건 아니지."

"……?"

"아직 가장 중요한 것을 불지 않았잖아."

"…뭐라?"

"카일런의 위치 말이야. 그놈이 어디 짱박혀서 실험을 하는지 알아야 할 것 아닌가?"

그는 실소를 흘렸다.

"후후, 카일런 님이 바보인 줄 아는가?"

"그게 무슨 개소리야?"

"그분은 복제술사이다. 당시엔 기껏해야 몬스터 몇 마리 복제하는 것이 전부였지만 지금은 마력의 증강으로 인간을 수도 없이 복제할 수 있는 능력이 있다. 자신의 몸을 워낙 많이 복제해서 지금은 무엇이 진짜인지 구분할 수도 없어."

"……!"

"그래, 내가 마지막으로 본 곳을 알려줄 수는 있다. 하지만 그것이 그분의 본체라곤 말할 수 없어."

"그래, 하긴 그런 개자식이 몸을 하나만 가지고 있을 리는 없지."

카트리나는 자신이 실험실에 있던 당시를 기억해 냈다.

"잠깐, 그렇다면 내 신체도……."

"복제가 되지 않았다는 보장은 없다. 네 능력은 소환술사 중에서도 거의 톱클래스에 달했으니 말이야."

"…제기랄!"

"후후, 앞으로 상황이 어떻게 돌아갈지 참으로 궁금해지는군."

이 정도 정보를 토해냈으면 쿤타도 자신이 할 일은 다 했다고 볼 수 있었다.

그는 다시 한번 안락한 죽음을 요구하였다.

"목을 그어 죽이든지 한 방에 폭발을 시키든지 알아서 죽여

다오. 나는 내 할 일을 다 했으니."

"…그게 소원이라면 그렇게 해주지."

카미엘은 검을 뽑아 들었다.

스릉!

하지만 그는 쿤타를 이대로 쉽게 보내줄 생각이 없었다.

"죽는 것은 네 마음이지만 영혼을 수집하는 것은 내 마음이다."

"…뭐, 뭐라?!"

"잘 가라."

퍼억!

카미엘의 검이 그의 목을 쳐내자 곧바로 영혼 수집기가 가동되었다.

영혼 수집기는 발록의 강력해진 영력을 바탕으로 쿤타의 영혼을 억제기 안으로 빨아들여 버렸다.

슈가가가각!

―큭큭, 성공이다!

―제기랄, 이런 씨바아알!

쿤타의 비명 소리가 카미엘의 귓전을 간질였다.

* * *

독일 프랑크푸르트 지하 수로 한구석에 아무도 모르는 비밀 실험실이 위치하고 있다.

이곳에선 몬스터의 아종을 개량시키고 그것을 지휘할 수 있는 반인반수들을 만들어내고 있었다.

위이이이잉!

지하 수로 실험실에 때 아닌 경보가 울렸다.

—제1급 경보, 전 대원은 포획 태세를 갖출 수 있도록!

이곳에 상주하고 있는 대원은 총 1,500명, 이들이 전부 소총과 마취총을 한 자루씩 짊어지고 지하 수로를 헤매기 시작했다.

대원들을 총괄하는 지하 수로 실험실 보안 책임자 에멜리아는 입이 바짝 타들어가는 것 같았다.

"빌어먹을, 도대체 어떻게 탈출한 거야?!"

"아마도 신체 능력을 일부 사용해서 실험실에서 빠져나온 것이겠지요. 놈에겐 수억 개의 유전자가 결합되어 있지 않습니까?"

"…놈을 너무 과소평가했다."

"알파는 지금 얼마 가지 못했을 겁니다. 추격하면 잡을 수 있습니다."

"좋아, 놈을 잡는 데 총력을 기울인다. 여의치 않으면 사살해 버려."

"그래도 됩니까?"

"실험체는 죽은 시체로 또 만들면 된다. 하지만 저놈이 지상으로 빠져나간다면 데이터를 모두 잃는다."

"알겠습니다. 그럼 포획보다는 사살에 초점을 맞추겠습니다."

"그리하게."

에밀리아는 부하들에게 출격을 명령하였다.

"지금 당장 출발하라!"

"예!"

검은색 사격용 파츠를 착용한 대원들이 일사불란하게 움직여 지하 수로를 탐색하기 시작한다.

지하 수로 한구석에 이제 열 살이나 되었을 법한 소년이 한시간째 수로 안을 내달리고 있다.

"하아, 하아!"

소년의 눈동자에는 공포와 절망, 그리고 간절함이 한데 섞여 있었다.

아직 어린 소년은 달리는 내내 무언가를 계속 읊조리고 있었다.

"엄마, 아빠……."

스위스에서 독일로 납치당한 소년 슈비츠는 수억 개의 유전자를 강제로 주입시키고 그 뇌를 정신력 통제장치를 이용하여 억압하는 실험을 당했다.

몬스터의 유전자를 모두 가지고 있어 그 능력을 각성하기만 하면 최강의 반인반수가 될 것이고, 실험자들이 각성한 그의 뇌와 신체를 통제하게 되면 몬스터들은 알아서 충성을 다할 것이다.

더군다나 몬스터의 군단장으로서 뛰어난 능력을 가졌음으로 인간의 군대와 싸울 때에도 가공할 만한 능력을 표출할 것이 자명하였다.

하여 실험자들은 슈비츠를 죽기 직전까지 가혹하게 실험하였고, 결국엔 유전자 합성에 성공하게 되었다. 그러나 아직까지 뇌를 지배하는 통제장치의 이식에 계속해서 실패하고 있었음으로 그의 정신은 온전히 그의 것이었다.

그는 하루에도 몇 번씩 뇌를 열어 통제장치 이식을 시도하는 실험을 견디다 못해 지하 수로에서 탈출한 것이다.

가까스로 실험실에서 나오긴 했지만 지금 슈비츠는 집으로 돌아가는 길조차 모르고 있었다.

아마 이대로 계속해서 도망만 다니다간 언젠가 붙잡혀 다시 곤욕을 치르게 될지도 모른다.

"사, 살아야 해!"

그는 지하 수로에 있는 계단을 타고 미친 듯이 위로 올라가기 시작했다.

파바바밧!

순간, 엄청난 순발력과 근력, 그리고 지구력이 열 살 소년을 지배하기 시작했다.

그는 지금 자신이 빠른지 어쩐지 자각조차 할 수 없으며 자신이 왜 이런 행동을 하는지도 이해하지 못했다.

눈 깜짝할 사이에 사다리를 타고 올라간 그는 맨홀 뚜껑을 열었다.

철컹!

순간, 소년의 눈동자가 미친 듯이 떨렸다.

쿠오오오오!

"모, 몬스터?"

그가 선 이곳은 이미 몬스터에게 점령당하여 살아남은 사람이 거의 없는 폐허의 모습이었다.

                    *   *   *

독일 프랑크푸르트의 빌딩 숲에 한 남자가 덩그러니 서 있다.

그는 바람이 불어오는 옥상에 서서 지는 해를 바라보며 상념에 잠겨 있었다.

그런 그를 향해 한 남자가 다가왔다.

"카일런 님."

"무슨 일인가?"

"알파가 탈출했습니다."

순간, 카일런의 표정이 딱딱하게 굳었다.

"…뭐라?"

"면목 없습니다."

하지만 카일런은 다시금 표정을 풀었다.

"그래, 어찌 보면 놈이 도망친 것이 꼭 나쁜 일만은 아니지."

"무슨 말씀이신지요?"

"어차피 나는 지구를 파괴할 생각이다. 재건의 기초는 파괴이
니까."

그제야 그가 고개를 끄덕였다.

"아아! 그런 혜안이……."

"재미있는 녀석이로군. 그냥 평범한 꼬맹이인 줄 알았더니 제
법 대찬 구석이 있잖아?"

"일단은 놈을 쫓고 있습니다."

그는 실소를 흘렸다.

"후후, 일단 그대로 내버려 둬. 적당히 굴러먹다가 진화해서
알아서 난리를 치겠지."

"하지만 너무 무식하게 날뛰면……."

"그것도 하늘의 뜻이다."

그는 고개를 숙였다.

"예, 알겠습니다."

"다만 우리 쪽에서도 몬스터를 조종할 수 있도록 조치를 취해두는 편이 좋겠지."

"안 그래도 우리의 알파들을 이용하여 지그스터 군락을 소유하고 있습니다."

"좋아, 그 정도면 됐어."

그는 다시 한번 상념에 잠겨들었다.

*　　　　*　　　　*

유럽 지역에선 다소 불안한 소식들이 들려오고 있었다.

중앙유럽에서부터 시작된 몬스터들의 파상 공세가 마침내 북부와 남부, 서부, 동부로 퍼져 나가고 있었던 것이다.

학자들은 생전 처음 보는 곤충형 몬스터들의 등장으로 당혹감을 감추지 못했다.

기본 2미터부터 시작해 크기가 거의 15미터에 이르는 엄청난 크기의 몬스터들이 마구 쏟아져 나온 것이다.

이것들이 처음 발견된 곳은 독일이다.

독일 프랑크푸르트의 작은 공장에서 처음 발견된 몬스터는 애벌레의 형태였는데 이것이 얼마 후에는 알로 변하더니 이내 고치의 형태를 띠고 열흘간의 동면에 들어갔다. 그 이후엔 고치가 뜯어지면서 길쭉한 몸통에 네 개의 발을 가진 도마뱀 형태의 괴물이 되었다.

도마뱀 형태의 괴물은 주변의 민간인들을 닥치는 대로 잡아먹으며 성장하여 마침내 5미터의 거대한 몸집을 갖게 되었다.

놈은 거대한 몸집을 다시 알의 형태로 변신시켰는데, 그 알이 부풀어 올라 마침내는 높이 20미터의 엄청난 크기의 살덩이로 분화하였다.

이 살덩이는 거대한 갑각과 촉수, 그리고 아가리를 비롯한 각종 구멍을 가지고 있었다.

구멍에선 애벌레들이 스멀스멀 기어 나왔으며 애벌레들이 다시 몬스터로 변태하여 순식간에 3천에 이르는 도마뱀으로 변신하였다.

도마뱀들은 인근 마을을 닥치는 대로 약탈하며 성장하였고, 놈들은 철이나 알루미늄 같은 유기물을 죄다 뜯어 살덩이 건물로 가지고 왔다.

살덩이 건물은 그것을 잔뜩 씹어 먹곤 다시 한번 변태하여 높이 50미터에 직경 15㎞를 가진 살덩이 기지로 변모하였다.

이 기지에선 다시 애벌레들을 대량으로 생산하고 각종 건물로 분화하여 아예 새로운 도시를 만들어냈다.

몬스터들이 만들어낸 도시에선 하루에도 수만 마리의 몬스터가 생성되어 인류를 공포의 도가니로 몰아넣었다.

인류는 막다른 골목에 몰리게 되었다.

이제 유럽은 장벽을 쌓고 몬스터들의 파상 공세를 막아내는 데 급급하였다.

독일 국경지대에는 피난 행렬이 이어지고 있었고, 유럽연합군은 이들을 보호하기 위해 전력을 다하고 있었다.

그러나 이제 불과 한 달이 지난 시점이지만 몬스터들의 파상 공세는 막을 도리가 없었다.

독일 서부 지역 국경지대, 이곳에선 비행물체 몬스터들이 미친 듯이 날뛰고 있었다.

키헤에에에엑!

익룡처럼 생긴 몬스터부터 작은 드래곤까지 별의별 몬스터들이 다 날뛰면서 사람들을 닥치는 대로 죽여 나갔다.

퍼억!

익룡에게 머리를 관통당한 한 여성이 바닥에 쓰러지자 순식간에 모여든 몬스터들이 그 시신을 뜯어 먹기 시작했다.

우드드드득!

—쩝쩝!

잠시 후, 익룡들은 그녀의 시신을 먹자마자 노란색 머리와 파란색 눈동자를 가진 반인반수로 진화하였다.

뚜두두둑!

"끄이에에에엑!"

익룡의 몸통에 인간의 얼굴, 그것도 아주 아름다운 미녀의 얼굴을 가진 놈들은 또다시 진화의 씨앗이 되는 인간들을 찾아 날아다녔다.

유럽연합군에 소속되어 있는 구 독일 국경수비대는 이들을 사격해 떨어뜨리는 작전을 펼치고 있었지만 크게 효과를 거두지 못하고 있었다.

"제기랄, 벌써 5만 명이 죽어나갔다. 그것도 이틀 만에."

"대장님, 이제 우리도 슬슬 후퇴해야 하는 것 아닙니까?"

"그럼 이들은 다 어쩌란 말인가? 민간인을 지키는 것이 우리 군인의 역할이다. 우리가 죽는다고 해도 최대한 살려내야 한다. 알겠나?"

"그렇긴 하지만……."

"목숨이 아깝다면 애초에 군인이 되지 말았어야지. 그렇지 않나?"

현재까지 죽어나간 사람들만 해도 무려 2천만 명이다. 그것도 사태 발발 일주일 만에 2천만이 죽어나간 것이다.

그 전까진 몬스터가 군단을 구축하느라 사람들이 죽어나가진 않았지만 그들이 세력을 넓히고 진화를 위한 포식을 시작했을 때엔 걷잡을 수 없을 정도로 많은 사람이 죽어버렸다.

이제 독일은 또 한 번의 패망의 길을 걷는 것이 아니냐는 평가가 나올 정도였다.

사실 독일은 국가의 기반을 모두 잃어버렸지만 글로벌 기업들이 아직까지 버티고 있어서 그나마 국가가 유지되고 있던 것이다.

정부를 오스트리아로 옮기고 그곳에서 기반을 닦은 후 다시 러시아 서부 지역으로 이주하여 새롭게 자리를 잡는다는 것이 계획이었다.

러시아에선 서부 지역 황무지를 그들에게 판매하여 기틀을 잡도록 도와줄 예정이었지만 그들 역시 장벽을 쌓기에 바빴다.

독일 서부 지역 국경수비대가 고전을 면치 못하고 있는 바로 그때였다.

쿠우우우웅!

저 멀리서 하늘을 가리는 거대한 비행물체가 서서히 다가오는 모습이 보였다.

병사들이 고개를 갸웃거렸다.

"구름인가?"

"아, 아닌데? 구름이라고 하기엔 너무……."

잠시 후, 직경 5km에 이르는 거대한 생명체가 지상으로 내려왔다.

쿠웅!

병사들은 경악을 금치 못했다.

"허, 허억! 저건 또 뭐야?!"

"사격하라!"

두두두두두!

총알이 박히는 족족 피를 흘려대는 비행물체였지만 이런 기본적인 공격만으론 어쩔 도리가 없어 보였다.

잠시 후, 놈이 아가리를 쩍 벌리자마자 수십만 마리의 몬스터가 쏟아져 나왔다.

크아아아아악!

쿠오오오오!

2미터의 작은 벌레부터 몸길이 20미터의 초대형 몬스터까지 몬스터란 몬스터는 이곳에 다 몰려 있는 것 같았다.

국경수비대는 속수무책으로 그들의 공격에 당할 수밖에 없었다.

푸하아아악!

"끄아아아아악!"

"후퇴, 후퇴하라!"

"하지만 장벽 너머로 몬스터들이 상륙한지라 후퇴할 곳이 없습니다!"

"제기랄! 그렇다면 이대로 결사 항전을 벌이면서 최대한 이놈들을 잡아놓는다!"

"예, 알겠습니다!"

독일의 서부 지역 국경지대는 이미 무너져 제 기능을 하지 못하게 되었다.

$$* \qquad * \qquad *$$

영혼석이 되어버린 쿤타는 현재 독일에서 벌어진 난리가 순
전히 카일런의 실험 때문이라고 말했다.

―지하 수로에는 총 150만 평의 실험실이 위치해 있었다. 이
곳에선 제주도 실험실보다 훨씬 더 지독한 실험이 진행되고 있
었지. 이곳에서 태어난 몬스터들은 그때와는 비교도 할 수 없
을 정도로 강력한 힘을 가졌다. 하지만 놈들을 통제하는 것이
거의 불가능해서 이들을 지휘할 수 있는 새로운 알파를 만들어
냈다. 그 소년이 바로 슈비츠라는 녀석이지.

"슈비츠라……."

―슈비츠는 모든 실험 데이터를 총망라한 실험의 결정체라
할 수 있다. 결점이 없으며 모든 유전자가 결집되어 있기 때문
에 스스로 진화도 가능하지. 그와 동시에 모든 몬스터를 통솔
할 수 있는 능력까지 겸비하고 있다. 만약 슈비츠를 통제할 수
있다면 몬스터들을 비로소 통제하게 되는 셈이지.

"으음, 그런 일이……?"

―아마 지금 몬스터들이 난리를 벌이고 있는 것은 슈비츠의
부재 때문일 것이다. 놈이 만약 실험실을 뚫고 밖으로 나갔다면

그나마 조금씩 통제를 받고 있던 그놈들이 이성을 잃고 파괴
행위를 일삼게 되겠지.

"그렇다면 그 엄청난 숫자의 몬스터가 자제력을 잃고 날뛰게
되었다는 소리인가?"

─그렇다. 하지만 카일런의 입장에서 본다면 어차피 파괴하
여 지배하려던 것이니 저놈들이 날뛴다고 손해 볼 것은 없지.

"개자식이군."

─아마 슈비츠를 찾아서 죽이라고 명령했겠지. 다만 놈의 시
신을 되찾아야 계속해서 유전자를 개량하고 지그스터의 변태
능력을 향상시킬 수 있을 테니 시신만은 찾으려 혈안이 되어 있
을 거야.

"소년을 죽여서 시신을 취하기 위한 움직임이 있겠군."

─몬스터들을 일부 통제할 수 있는 소형 알파들이 있으니 그
들을 통하여 슈비츠를 찾고 있을 거야. 아마 그를 찾지 못하면
지구가 파괴될 때까지 멈추지 않겠지.

"흠."

─만약 앞으로 이런 일이 다시는 생기지 않도록 하고 싶다면
슈비츠를 먼저 찾는 것이 좋을 것이다. 아무리 카일런을 죽인다
고 해도 몬스터의 유전자는 남아 있으니 어떤 방식으로도 재창
궐할 수 있을 것이다.

"그래, 네 말이 맞다."

카미엘은 일단 독일의 지하 수로부터 뒤지기로 했다.

"프랑크프루트부터 뒤져보자고."

"좋아, 출발은?"

"일단 정확한 위치를 파악하고 나면 곧바로 가도록 하지."

작은 소년 슈비츠가 몬스터 박멸의 열쇠가 될 것이다.

제2장
소년, 괴물이 되다

적막이 흐르는 시가지 한구석, 작은 소년이 쓰레기통 뒤에 몸을 숨기고 있다.

크워어어어!

슈비츠는 쓰레기통 너머로 보이는 엄청난 숫자의 몬스터들에게서 극도의 공포를 느끼고 있었다.

"엄마, 아빠……."

이 순간 가장 보고 싶은 사람은 당연히 부모님이었다.

지금까지 단 한 번도 떨어져 지낸본 적 없고 슈비츠에게 지극 정성으로 대하던 부모님이다.

어린 슈비츠에게 있어선 하늘과도 같던 부모님이기에 보고 싶은 것이 당연했다.

그는 그리움과 설움을 꾹꾹 눌러 참았다.

그 언젠가 집으로 돌아가 부모님과의 재회를 기약하며 스스로 인내하고 버티기로 한 것이다.

슈비츠는 자신의 바로 앞에는 몬스터가 없다는 것을 직감하였다.

"그럼 한번 움직여 볼까?"

그는 쓰레기통에서 나와 시가지의 큰 길목으로 나왔다.

큰길가에 즐비해 있었을 차량 행렬은 모두 멈추어 고철 덩어리로 변해 버렸고 도시 곳곳에 인간의 것으로 보이는 혈흔과 내장 조각이 널려 있다.

슈비츠는 토악질을 할 새도 없이 무작정 다음 블록으로 내달렸다.

파바바바밧!

숨을 꾹 참고 달리느라 잘 몰랐지만 슈비츠는 100미터를 무려 5초 만에 주파하였다.

이 정도 달리기는 인간의 신체론 불가능하고 제아무리 몬스터라고 해도 100미터를 5초에 주파하는 개체는 별로 없었다.

그는 눈 깜짝할 사이에 한 블록을 지나쳐 저 멀리 보이는 기차역을 응시하였다.

이곳이 어느 기차역인지 알 수 있는 이정표가 다 떨어져 나가고 없었지만 한 가지 확실한 것은 기찻길을 따라서 걸어가면 언젠가 스위스에 닿을 수 있다는 것이다.

슈비츠는 멀리서 기차역의 상황을 살펴보았다.

크헥, 크헥!

인간형 몬스터들이 먹이를 찾아서 돌아다니는 광경은 극한의 공포로 다가왔다.

"어, 어쩌지?"

저곳을 지나쳐 가는 방법만이 집으로 갈 수 있는 유일한 길이다.

지하철을 타고 걸어갈까 생각도 해보았지만 지하철은 불이 다 꺼져 있어서 걷기가 불편할뿐더러 한번 막다른 길에 몰리면 꼼짝없이 죽을 것이다.

그에겐 선택지가 별로 없다고 볼 수 있었다.

"후우, 그래, 한번 해보는 거야!"

슈비츠는 무작정 역을 향해 달렸다.

파바바밧!

그가 바람을 스치고 달리자 주변에 있던 몬스터들이 그에게로 일제히 고개를 돌렸다.

끼헤엑?

"허, 허억!"

끄하아아아아악!

아가리를 벌리고 달려드는 인간형 몬스터들의 숫자는 어림잡아도 일천이 넘었으며 보이지 않는 개체는 더 많을 것이다.

슈비츠는 일단 자신이 몸을 숨길 수 있는 곳을 향해 무작정 달렸다.

"하아, 하아!"

거칠게 숨을 쉬며 달리다 보니 어느새 기차들이 서 있는 정차 역에 도달하였다.

그는 정차 역에 서 있는 기차 중에서 문이 열린 것을 찾아서 들어갔다.

크헤에에엑!

미친 듯이 달려오던 몬스터들이 기차 앞에 몰려들었다.

쿠우우우웅!

그 때문에 길목이 가로막혔고 몬스터들이 서로 뒤엉켜 바둥거렸다.

순간, 슈비츠의 두뇌가 신묘하게 돌아갔다.

그는 기차의 구조를 단숨에 이해하고 그 입구를 닫는 버튼을 눌렀다.

삐비빅, 쿵!

방탄유리로 된 입구가 닫히자 그나마 남은 몬스터들이 기차 위로 오르기 위해 발버둥을 쳤다.

키헥, 케헤에엑!

방탄유리로 된 입구를 뚫고 들어올 능력은 가지고 있지 않은 몬스터들이 바깥에서 군침만 질질 흘리며 맴돌기 시작했다.

슈비츠는 꿈틀거리는 생존 본능이 시키는 대로 기차의 동력실로 향했다.

삐빅, 삐빅.

아직도 기차의 신호기는 작동되고 있었지만 비상 전력을 받아들이는 동력이 차단되어 당장은 움직일 수가 없었다.

그는 자신도 모르는 사이에 익힌 기술을 사용하여 기차의 동력을 복구하기 시작했다.

타다다다닥.

전자회로를 복구하는 기술은 꽤나 복잡한 일이었지만 지금 그의 두뇌는 일반인과 전혀 다르게 움직였다.

애초에 그가 실험실에 들어가 실험을 받을 때에 두뇌는 100% 가동이 되도록 설계가 되었고 뇌의 용량 또한 인간의 열 배에 달하도록 설정되어 있었다.

그 훈련을 죽기 직전까지 받은 슈비츠는 지금 슈퍼컴퓨터와 사칙연산 대결을 펼쳐도 가볍게 이길 정도였다.

물론 스스로가 이 능력을 각성시켜야 한다는 전제 조건이 붙긴 하지만 상황만 맞으면 그는 언제고 능력을 발휘하게 될 것이다.

슈비츠는 불과 10초 만에 동력을 복원하였다.

삐빅!

—열차가 출발할 수 있습니다.

그는 기관실로 가서 기차를 몰기 시작했다.

"이게 출발 버튼이고 이게 서는 것이고……."

기차를 몰 수 있는 능력을 얻은 것은 불과 30초, 그는 1분도 되지 않아서 기차를 몰 수 있는 기술을 익혔다.

그는 곧바로 기차를 출발시켰다.

팅팅팅!

—일반 여객 열차 제515호가 스위스로 출발합니다. 다음 정거장까지는 대략 한 시간이 소요될 예정이며…….

우연치 않게도 기차가 스위스로 출발하는 모양이니 마침 잘되었다.

"좋아, 이걸 타면 우리 집으로 갈 수 있을 거야."

슈비츠는 기차를 운전하여 그의 동네로 향했다.

*　　　*　　　*

독일 뤼셀스하임에 당도한 카미엘 일행은 슈비츠의 흔적을 따라서 기차역까지 왔다.

그들은 이곳에 있는 몬스터들을 보이는 족족 사살하였다.

고스트와 그 동료들이 저격 포지션을 잡고 몬스터들을 장거리에서 쏴 죽이면 카미엘은 킬러비와 함께 돌격하면서 몬스터들을 쓸어버렸다.

핑핑핑!

크헤에에엑!

고스트가 카미엘의 옆에 있는 위험 요소를 제거해 주는 지원 사격을 날렸다.

피융!

끄웨에에에엑!

—에스코트는 저격수가.

"고맙습니다."

—별말씀을.

엘레니아가 정령들과 함께 슈비츠의 흔적을 찾아냈다.

그녀는 슈비츠의 흔적이 기차 역사에서 끊겼다는 것을 알 수 있었다.

"기차를… 타고 간 모양인데요?"

"기차를 어떻게 탄단 말입니까? 기관사가 아직 살아 있던 건가?"

"그건 알 수 없어요."

두 사람이 추측성 발언만 남발하고 있을 무렵, 쿤타가 조언을 해주었다.

—놈의 두뇌는 인간의 열 배에 달하는 용량이고 그 뇌를 100% 사용할 수 있도록 설계되어 있다. 다만 뇌가 너무 많은 용량을 수용하게 되면 정신이 붕괴될 수도 있기 때문에 각 능력을 그때마다 각성하여 사용할 수 있도록 해둔 것이지.

"그렇다면 몬스터의 능력도 각성하지 않는 이상은 사용할 수 없겠군."

—당연하지.

"그럼 몬스터에 둘러싸이면 금세 죽지 않을까? 좀 위험한 것 같은데?"

—후후, 오히려 그 반대야. 저놈이 만만하게 보이니 이놈 저놈 다 달려들 것인데, 제아무리 강력한 몬스터가 와봐야 그놈의 발끝에도 못 미쳐. 아마 오는 족족 다 죽을 것이다.

"흠."

—적당한 때에 놈을 쓰러뜨리고 그 시신을 태울 준비나 해. 그렇지 않으면 이 지독한 악순환의 고리를 끊을 수 없을 테니.

카미엘은 자신이 그 어린 소년을 잡고 죽여 시신까지 태워야 한다는 것이 조금은 꺼림칙했다.

그러나 지구를 구하기 위해선 어쩔 수 없을 것이다.

"아무튼 슈비츠가 기차를 타고 갔다면 그 길을 따라서 추격하면 되겠군."

—말은 아주 쉽게 하는데? 그래, 따라간다고 해도 그 많은 몬

스터를 어떻게 뚫고 갈 건데?

"그렇다고 후퇴할까? 우리에겐 이 길뿐이야. 그리고 그 아이를 잡을 때쯤엔 놈도 나타날 테니. 일석이조 아니겠나?"

—좋을 대로 생각해.

카미엘은 인근 역사에 있는 기차들을 바라보았다.

"고스트, 기차를 몰 수 있나요?"

—당연하지. 우리 실버 나이프가 못 하는 것이 어디 있나?

"그럼 기차를 타고 가죠. 그게 가장 안전하고 빠르지 않겠어요?"

—좋은 생각이야.

저격 포지션을 접고 내려온 팬텀들은 기차의 기관실과 동력실 등으로 흩어져 손을 보기 시작했다.

그들은 대략 30분 만에 기차가 움직일 수 있도록 손을 보았다.

땡땡땡!

—기차가 출발합니다. 우리 기차, 본 역을 출발하여 남부 스위스로 향합니다.

선로까지 설정한 고스트는 일행에게 어서 탑승할 것을 종용했다.

"가자고! 시간이 별로 없어!"

"그래요."

일행은 전투 장비와 물자 등을 모두 기차에 실어 남부로 향했다.

*　　　　*　　　　*

스위스로 가는 길목은 처참함, 그리고 황량함만이 가득하였다.

몬스터들이 축 늘어져 죽어 있는 것은 기본이고 놈들에게 살이 뜯겨 죽은 사람들의 시체가 산처럼 쌓여 있었다.

슈비츠는 가는 내내 눈물을 흘렸다.

"흑흑, 이게 다 뭐야."

소년의 여린 감성으로 이 엄청난 광경을 계속해서 본다는 것은 정신적으로 대단한 대미지를 받는 일이었다.

슈비츠는 가는 길에 잠시 기차를 세우고 쪽잠을 청하기로 하였다.

그가 기차를 세운 곳은 좁은 동굴 안인데, 이곳으로 들어올 수 있는 몬스터는 한정되어 있고 그 정도의 크기라면 기차를 어찌할 수 있는 능력은 되지 않을 것이다.

더군다나 이곳은 몬스터의 흔적이 별로 없어서 끝도 없이 슈비츠를 괴롭히던 괴성도 들리지 않았다.

그는 오랜만에 이곳에서 꿀맛과 같은 잠을 청해보기로 했다.

기장실 구석에 있는 작은 침대에 몸을 누인 그는 이불을 머리끝까지 덮고 잠에 빠져들었다.

"쿠우우울, 드르르렁!"

슈비츠가 잠에 빠져들었을 무렵, 그의 신체에 변화가 일어났다.

그의 팔과 다리에 자리 잡고 있던 덜 자란 근육들이 서서히 커지더니 이내 어른 팔뚝보다 더 굵고 단단한 것이 생겨났다.

그의 근육이 자라나자 그 내부의 장기들도 일반인과는 다른 몬스터와 인간의 것을 합친 특이한 구조로 바뀌었다.

뚜두두둑!

그의 뼈는 티타늄보다 더 단단해졌고 근섬유는 강철로 만든 와이어보다 단단하였다.

슈비츠는 인간과 몬스터, 그 두 개 종족을 통틀어 가장 강력한 신체를 가진 존재로 거듭났지만 이내 그 신체가 다시 줄어들어 소년의 것으로 변하였다.

스스스스

지금의 이 과정은 슈비츠의 신체가 성장하는 것으로 앞으로 어떻게 각성하느냐에 따라서 강해지는 한계가 결정될 것이다.

한마디로 각성하는 계기가 끊이지 않는다면 슈비츠는 강해지는 데 제약이 없는 사람이 될 것이라는 소리이다.

슈비츠는 대략 다섯 시간 동안 끝도 없는 신체의 변화를 반복하다가 결국 눈을 뜨게 되었다.

"허, 허억!"

소년은 어느 순간부터 꿈을 꾸지 않게 되었다.

아주 잠깐 잠을 잔 것 같았는데 이내 저녁이 찾아오자 슈비츠는 기차 구석으로 기어들어 가서 울기 시작했다.

"흑흑, 엄마!"

지금 이 순간 괴물보다 더 무서운 것은 어둠이었다. 그 속에 귀신이 있든 말든 그건 중요한 것이 아니었다.

귀신보다 무서운 것은 사람들이고 그들이 가져다준 고통, 그리고 그 고통으로 인해 찾아오는 공허함과 고독이 무서웠다.

지금 슈비츠에겐 위로가 필요했다.

엄마의 따뜻한 수프와 빵, 그리고 아빠의 흥겨운 노랫소리와 다정한 놀이, 저녁이면 모여서 애니메이션 영화를 보며 웃고 떠드는 여유로움.

한때는 그것이 아주 일상적인 것이라고 생각하던 슈비츠이지만 이제는 그것이 얼마나 소중한 것인지 깨닫게 되었다.

슈비츠는 이내 용기를 냈다.

"좋아, 부모님과 함께 일상적인 생활을 보내는 거야! 그게 내 행복이었어!"

열 살배기 소년에게 가장 중요한 것은 가족이었고, 그 가족을 찾아가는 데 그는 어린 마음을 접고 용기를 내기로 한 것이다.

이 작은 용기가 그를 변화시켰다.

스스스스!

그의 눈동자가 밝아지더니 이내 머리를 꽉 채우고 있던 공포가 사라졌다.

슈비츠는 아주 능숙하게 기차를 몰았다.

우우우우웅!

길고 곧은 기찻길을 내달리는 기차 안에 앉은 슈비츠는 지도를 펼쳐 가장 빠른 길이 어디인지 가늠해 보았다.

몇 개의 경로가 있었지만 그는 자신의 고향이 가장 가까운 곳을 선택하여 기차를 몰기로 했다.

"자동신호기가 있으니 방향을 바꾸는 것은 그리 어렵지 않겠구나."

생각이 여기까지 미치고 나니 기차에서 내려 어떻게 행동해야 할지가 머리에 그려졌다.

기차역에서 내려 곧장 차를 구해서 타고 가면 집까지 대략 한 시간이면 도착할 수 있으니 이제 남은 길이 그리 멀지 않았다는 소리다.

그는 아주 차분하게 기차를 몰았다.

* * *

대략 다섯 시간 후, 슈비츠는 자신의 고향이 가장 가까운 기차역에 정차하였다.

치익!

사이드 기어를 내리고 기차에서 내린 그는 인근에 모여 있을 몬스터들을 이곳으로 집결시키기로 했다.

기관실에 있는 오디오 버튼을 원격으로 조종하여 그들의 시선을 잡아끌기로 한 것이다.

—우리 이제 함께 가요! 사랑을 나눠요!

인간의 목소리로 된 공영방송이 울려 펴지자, 사방에서 몬스터들이 쏟아져 나와 한 지점으로 모여들기 시작했다.

크하아아아악!

슈비츠는 재빨리 지하 창고로 몸을 숨겨 다른 길을 찾아 나섰다.

이곳 기차역의 지하 창고들은 서로 연결되어 있어 한쪽으로 들어와 반대쪽으로 나가는 것이 가능했다.

그는 이 모든 것을 훑듯이 본 기차역의 관광 지도를 보고 알아낸 것이다.

슈비츠는 불이 모두 꺼진 지하 창고 안으로 들어와 문을 닫았다.

철컹!

그러자 아주 정갈하고 깔끔한 전경의 기차역 지하 창고가 그를 맞이하였다.

팅팅!

아직까지 도시의 전력이 완전히 끊어지지 않았기 때문에 이곳의 전원은 자동으로 켜지는 것 같았다.

슈비츠는 형광등이 달린 창고의 복도를 따라서 계속 걸었다.

슉슉.

그의 발소리가 이전보다 훨씬 더 가벼워진 것 같다.

마치 물 위를 슬며시 걸어 다니는 소금쟁이처럼 발소리가 전혀 나지 않았고 오히려 빙판 위를 미끄러져 다니는 느낌마저 들었다.

슈비츠는 발걸음이 가벼워지면서 그 속도 역시 비약적으로 상승하여 이제는 시속 25㎞로 걸을 수 있게 되었다.

스스스스스!

이제는 그의 귓불로 바람이 스쳐 지나간다는 느낌이 들 정도였다.

잠시 후, 슈비츠의 눈동자가 자신의 고향 앞에 머물렀다.

출입구

"여긴가?"

지도에서 본 예상 지역은 분명 이곳일 것이다.

그는 거침없이 문을 열었다.

철컥.

순간, 문을 연 그의 앞에 거대한 덩치의 오우거가 모습을 드러냈다.

쿠오오오오오!

슈비츠는 눈을 동그랗게 떴다.

"허, 허억!"

퍼억!

오우거의 주먹이 슈비츠의 몸통을 저만치 날려 버렸다.

그는 자신이 이곳에서 목숨을 잃는다고 생각하였다.

"…난 죽을 거야. 흑흑, 난……."

바로 그때, 그의 눈동자가 번쩍 떠지며 이내 금색으로 물들기 시작하였다.

그리고 오우거의 주먹에 맞아 쭉 날려가던 그의 신형이 벽을 발로 밟고 바로 섰다.

파밧!

순간, 그의 근력이 비약적으로 상승하여 근섬유들이 성장된 모습을 갖추기 시작하였다.

그는 벽을 밟고 용수철처럼 튀어나갔다.

피융!

"죽어라!"

총알보다 빠르게 날아간 슈비츠의 몸이 오우거의 얼굴에 닿았다.

퍼억!

오우거의 얼굴을 주먹으로 후려친 슈비츠는 여기에서 멈추지 않고 그대로 놈의 머리를 뚫고 지나가 버렸다.

푸하아아아아악!

놈의 혈액과 뇌수가 사방으로 튀면서 비릿한 냄새를 풍겼다.

슈비츠는 스스로도 깜짝 놀라 두 손을 바라보았다.

"내, 내가 괴물을 죽인 건가? 내, 내가?"

스스로 행한 것을 직접 보면서도 도저히 믿을 수가 없는 슈비츠이다.

그는 그 자리에 5초간 멈추어 서서 충격 어린 표정을 짓고 있었지만 이내 그것을 복구하였다.

"아니야! 지금 여기서 이러고 있을 시간이 없어!"

집까지 가려면 자동차가 있어야 하고 이곳에는 버려진 자동차가 많으니 충분히 찾아낼 수 있을 것이다.

그는 충격과 슬픔에 잠기기 전에 먼저 집으로 돌아갈 수 있는 가장 빠른 방법을 강구했다.

*   *   *

역사 밖으로 나온 슈비츠는 속도가 아주 빠르고 차체가 낮은 슈퍼카를 찾아냈다.

부아아아앙!

전자기기로 시동을 거는 슈퍼카이지만 그는 아주 손쉽게 시동을 걸어 차를 자신의 것으로 만들었다.

그는 차를 처음으로 몰아보지만 가속페달과 브레이크, 기어 등을 몇 번 만져보곤 이내 그 조작법을 완벽하게 숙지하게 되었다.

슈비츠는 시속 350㎞로 차를 몰아서 자신의 집이 있는 시골 동네로 향하였다.

쐐애애애앵!

주변의 광경이 휙휙 그의 눈을 스치고 지나가면서 점점 익숙한 광경들이 나타나기 시작했다.

"거의 다 왔어!"

먼 길을 돌아왔지만 드디어 그는 고향으로 돌아오게 된 것이다.

가장 먼저 그의 눈에 들어온 것은 매일 아침 친구들과 함께 등교하던 초등학교였다.

끼익, 끼익.

이미 초등학교의 이정표는 다 떨어져 흔적도 없고 그나마 덜렁거리는 교문이 남아 슈비츠를 반겼다.

그는 거의 완파 직전에 이른 학교 앞에 잠시 차를 세웠다.

"…포격을 맞았나?"

이곳저곳이 불에 그슬린 것을 보니 몬스터와의 전투만이 아니라 군대가 개입하면서 학교가 부서져 버린 것 같았다.

그는 친구들의 안위가 걱정되었다.

"다들 잘 살고 있을까?"

지금까지 오면서 본 광경엔 살아 있는 사람이 전무했음으로 친구들이 살아 있다고 보기엔 힘들 것 같았다.

이제 그는 떨리는 마음을 안고 집으로 향했다.

부아아아앙!

다시 최고 시속으로 차를 몰아 마을 입구에 들어서니 피투성이가 된 마을회관과 마을이 보인다.

그는 눈을 질끈 감고 마을회관을 지나쳐 그곳에서 대략 10분쯤 걸리는 곳에 있는 자신의 집을 찾아갔다.

끼이이익!

집 앞에 차를 세운 슈비츠는 재빨리 차에서 내려 집으로 달려갔다.

"엄마! 아빠!"

이렇게 부모님의 이름을 부르면 항상 그를 향해 손을 뻗어 안아주던 모습이 뇌리를 스치고 지나갔다.

하지만 아무리 부모님을 불러도 그들은 대답을 하지 않았다.

"어, 엄마?"

그는 2층으로 된 집의 문을 열고 들어가 안방부터 살폈다.

안방은 부부가 생활하는 침실이기도 하지만 가족들이 모여서 TV 영화를 시청하기도 하며 슈비츠와 부모님이 함께 여가를 즐기는 곳이기도 했다.

그는 침실에서 부모님의 흔적을 찾아보았다.

하지만 침실은 난장판이고 짐을 싼 흔적이라기보다는 누군가가 집을 뒤진 흔적 같았다.

"도대체 누가……."

그는 재빨리 2층에 있는 자신의 방으로 달려가 보았다.

철컥!

방문을 연 슈비츠는 충격에 빠져들었다.

"끄아아아아아악!"

그의 부모님은 서로 껴안은 채로 죽어 있었는데, 머리와 복부에 총을 맞은 흔적이 있었다.

아버지가 어머니를 감싸 안은 것으로 보아 아버지는 어머니를 지키느라 몸을 방패로 썼고 어머니 역시 총에 맞아 죽은 것 같았다.

충격은 이루 말로 표현할 수가 없었다.

"끄아아아악! 끄아아아아악!"

분노로 인하여 그의 사지가 뒤틀렸다.

우드드드득!

순간, 그의 눈동자가 붉게 물들며 서서히 덩치가 커졌다.

어린 슈비츠의 몸통은 어느새 성인 남성 두 배에 달했으며 그 머리에는 뿔이 돋아나 있다.

―크헉, 크헉!

이빨은 날카로웠고 등에는 거대한 날개가 돋아나 있었다. 손톱은 두껍고 날카로웠으며 근육은 고릴라와 비교할 수도 없을 정도로 탄탄하였다.

슈비츠는 분노가 매개체 역할을 하여 스스로 진화한 것이다.

―죽인다! 죽인다!

이제 그의 분노의 대상은 몬스터가 아니라 인간이었다.

그를 잡아가 실험한 것도 인간이고 부모님을 총으로 쏴 죽인 것도 인간이었다.

인간이지만 인간이기를 거부한 새로운 인종이 태어난 것이다.

콰앙!

그는 집을 뚫고 나왔다.

―모두 다 죽이겠다!

부모님의 시신이 아직도 그 자리에 있었지만 지금 그의 눈에는 보이지 않았다.

오로지 총을 든 사람이면 무조건 죽이겠다는 의지로 머리가 물들어 있었다.

솨아아아아아!

그는 바람처럼 날아 총을 든 군인이나 강도들을 찾아 다녔다.

잠시 후, 그의 눈에 몬스터와 격전을 벌이고 있는 군인들이 보였다.

―죽인다!

슈비츠는 공중에서 땅으로 쇄도해 들어갔다.

슈우웅!

그의 몸은 광속으로 떨어져 내려 군인들을 단숨에 터뜨려 죽였다.

콰앙!

"끄왜에에엑!"

괴상한 비명을 지르며 죽어나간 군인들을 바라보는 몬스터들의 눈에도 공포가 서렸다.

끼에에엑?

―반항하면 다 죽인다!

몬스터들은 배를 드러내며 그에게 복종의 뜻을 밝혀왔다.

자신을 따르는 생명체가 있다면 살려두겠지만 인간은 결코 살려두지 않을 것이다.

―가자! 인간을 다 죽인다!

키헤에에에엑!

슈비츠는 몬스터들을 이끌고 더 넓은 곳으로 향했다.

        *   *   *

몬스터 군단은 계속해서 남쪽으로 진군해 나갔다.

쾅, 쾅!

사방에서 날아드는 포화를 뚫고 남쪽으로 내려간 슈비츠는 몬스터들을 규합하여 대규모 전투를 이끌고 있었다.

―돌격, 돌격해라! 죽인다! 모두 다 죽인다!

그의 앞에는 민간인들이 있었고, 그 민간인들은 공포에 떨고 있었다.

슈비츠는 이미 인간으로서의 이성과 자제력을 잃어버렸다.

―파괴, 모두 파괴한다! 인간은 우리 몬스터에게 멸족당해야 한다! 살려두지 마라!

그의 머리엔 이미 파괴라는 단어만이 남아 있을 뿐이다.

대략 일만의 몬스터를 규합한 슈비츠가 인간의 군대와 격돌한 지 일주일이 지났을 무렵, 이제 그 힘이 다해가는 중이다.

콰앙!

크헤에에엑!

몬스터 군단 하나가 또 사라져 슈비츠의 곁을 지키는 몬스터가 거의 남아나지 않게 되었다.

그러나 그는 진격을 멈추지 않았다.

―죽어라!

거대한 날개를 펼쳐 하늘로 날아오른 슈비츠는 자신의 신형을 인간들 진영으로 쏘아 보냈다.

쐐애애애앵!

하지만 그런 그의 몸통에 총을 쏘아 떨어뜨리는 사람이 있었다.

피융!

퍽!

크허어억!

인간 진영에서 온 저격수가 대물 저격탄으로 그의 심장을 꿰뚫어 버린 것이다.

슈비츠는 그대로 힘을 잃고 바닥으로 떨어져 내렸다.

―쿨럭쿨럭!

피를 한 움큼 흘려내는 슈비츠를 향해 군대가 몰려들기 시작했다.

"잡아라! 몬스터의 수장이다!"

슈비츠의 팔과 다리에 수갑을 채우려던 병사들은 일순간 땅이 흔들린다는 것을 느꼈다.

쿠그그그그그!

"뭐, 뭐지?"

"지진? 아닌데? 지진이라기엔……."

잠시 후, 그들을 향해 그레이트사우르스 무리가 달려들기 시작했다.

쿠오오오오오!

"허, 허억!"

"후퇴, 후퇴하라!"

무려 500마리의 그레이트사우르스가 나타나 인간들을 몰아내고 슈비츠의 몸체 앞으로 모여들었다.

놈들은 슈비츠의 몸체를 아주 소중하게 갈무리하여 그곳을 떠났다.

제3장
군단의 심장

슈비츠의 잃어버린 이성 안으로 무언가 꿈틀거리는 벌레가 뚫고 들어왔다.

눈을 감고 있던 슈비츠는 자신의 뇌를 건드리는 무언가를 느꼈다.

툭.

"음?"

순간, 고개를 옆으로 돌린 슈비츠는 자신의 눈을 의심했다.

"끼릭?"

"어, 어어, 어어어……?!"

그곳에는 넓적한 딱정벌레처럼 생긴 의문의 생명체가 앉아 있었다.

순간, 슈비츠는 화들짝 놀라 자리에서 벌떡 일어섰다.

"뭐, 뭐야?! C, CG인가?! 아님 홀로그램인가?!"

"끼릭, 끼릭?"

딱정벌레처럼 생긴 이 생명체는 지름 40㎝ 정도인 집게발을 가지고 있었다.

그리고 다리엔 길쭉한 물갈퀴 같은 것이 달려 있어서 애벌레가 앞으로 나가는 형식으로 이동했다.

하지만 뱀처럼 빨라서 대략 사람과 비슷한 이동속도를 가진 것 같았다.

슈비츠는 슬금슬금 도망치기 바빴고, 딱정벌레는 그 뒤를 바짝 쫓아다녔다.

"끼릭, 끼릭!"

"저, 저리 가!"

퍼억!

"끼엑!"

자신도 모르게 딱정벌레를 발로 걷어차 버린 슈비츠는 허겁지겁 그 자리를 빠져나갔다.

사방이 꽉 막혀 있던 동굴에서 나온 슈비츠는 눈부신 빛과 마주했다.

하지만 순간 그는 그 자리에 딱딱한 상태로 굳어버렸다.

"어, 어어······?"

그의 주변에 녹색 가스가 스멀스멀 피어오르는 정체불명의 분화구와 검은색 수정들이 길게 늘어서 있었다.

이곳의 모습은 마치 동화 속에 나오는 죽음의 숲을 연상케 했다.

우르릉!

우중충한 하늘에선 연신 비가 쏟아지고 있었는데 그 빗줄기가 모두 녹색이었다.

아마도 이곳에서 나온 가스가 하늘로 올라가 녹색 비를 내리는 모양이다.

"뭐, 뭐야? 지구에 이런 곳도 있었나?!"

비로 그때, 슈비츠의 곁으로 딱정벌레가 쭈뼛쭈뼛 다가왔다.

"끼릭, 끼릭."

"또 네놈이냐?"

딱정벌레는 양쪽 집게발에 딱딱한 석판 같을 것을 쥐고 있었다.

녀석이 슈비츠에게 석판을 내밀었다.

"끼릭, 끼릭."

"뭐? 이것을 읽어보라고?"

"끼릭!"

슈비츠는 무심결에 녀석이 준 석판을 집어 들었다.

화아아아아악!

"어, 어어어……?!"

석판은 슈비츠의 뇌리에 그가 태어나 처음으로 들어보는 문자들이 각인되도록 만들었다.

그리고 그 문자들은 각각 슈비츠의 몸에 문신처럼 남아버렸다.

"크윽! 이, 이건 또 뭐야?!"

깨질 듯한 머리를 부여잡은 슈비츠는 이제 더 이상 석판 속의 글귀가 전혀 낯설지가 않았다.

석판은 슈비츠에게 무한한 지식의 원천을 제공하였다.

그는 순식간에 이 생명체들이 어떻게 번영하게 될지를 파악하게 되었다.

잠시 후, 벌레가 슈비츠의 곁으로 다가와 꼬리로 툭툭 쳤다.

삭삭.

"뭐지?"

녀석은 집게발로 검은색 광물을 가리키며 계속 슈비츠의 다리를 꼬리로 문질렀다.

슈비츠는 석판에 쓰여 있던 글귀를 다시 한번 상기시켜 보았다.

"블랙 미스릴? 검은색 광물을 말하는 건가?"

"끼릭, 끼릭!"

블랙 미스릴이라는 단어가 들리자마자 놈이 신이 나서 집게발로 광물을 채굴하기 시작했다.

삭삭삭삭!

집게발로 광물을 살살 갈아서 한 덩어리가 떨어지면 그것을 조금 전 동굴에 집어넣는 딱정벌레였다.

아무래도 이 녀석은 슈비츠가 자신에게 블랙 미스릴을 채굴하도록 시키기를 기다린 모양이다.

놈은 그의 지시에 따라서 움직였지만 그것을 바라보는 슈비츠는 여전히 얼떨떨했다.

*   *   *

블랙 미스릴을 채굴한 지 나흘째.

슈비츠는 여전히 깊은 심연 속에 갇혀 있는 중이다.

이제는 이곳이 현실인지 아닌지, 혹은 자신이 죽었는지 살았는지도 잘 모를 정도가 되었다.

주변은 뜨거운 가스가 분출되는 분화구가 즐비했고, 사방은 전부 블랙 미스릴의 산으로 가로막혀 있었다.

그는 혼자서 열심히 일하고 있는 딱정벌레에게 다가가 말했다.

"벌레야."

"끼릭?"

"이곳을 나갈 방법은 없는 거야?"

"……."

"…하긴, 네가 나가는 법을 알았다면 이곳에 있지도 않겠지."

슈비츠는 그 자리에 쪼그려 앉아 녀석의 작업 현장을 구경했다.

"아까부터 계속 일만 하는데, 언제까지 일만 할 거야? 넌 밥도 안 먹니?"

"끼릭, 끼릭."

녀석이 집게발로 슈비츠의 옆에 놓여 있는 석판을 가리켰다.

"석판? 석판이 뭐 어쨌다고?"

"끼릭, 끼릭."

딱정벌레는 석판에서 '네스트'라고 쓰인 곳을 집게발 끝으로 살짝 긁었다.

"네스트? 네스트를 말하는 건가?"

"끼릭, 끼릭!"

"아아, 이 네스트를 짓겠다고?"

"끼릭!"

아무래도 놈은 블랙 미스릴을 모아서 네스트를 지을 모양이다.

다만 아까부터 슈비츠의 말에만 복종하는 것으로 보아 그의 명령이 떨어지기 전까진 계속해서 채굴만 할 것 같았다.

슈비츠는 동굴에서 그리 멀지 않은 곳을 손가락으로 가리켰다.

"좋아, 저곳에 네스트를 지어봐."

"끼릭."

고개를 가로젓는 딱정벌레, 슈비츠는 놈의 의도를 알아채기가 힘들었다.

"으음? 뭔가 또 있는 건가?"

이번에도 고개를 가로젓는다.

"뭐야? 그럼 저곳에 짓기 싫다고?"

"끼릭!"

"아아, 장소가 마음에 들지 않는 모양이구나?"

슈비츠는 조금 더 넓은 장소가 있나 찾아보다가 가스 분화구에서 그리 멀지 않은 커다란 공터를 가리켰다.

"네 껍질은 단단해서 가스가 닿아도 별 상관이 없는 것 같더군. 그러니 저곳에서 일해도 별 탈이 없겠어."

"끼릭, 끼릭!"

딱정벌레는 슈비츠가 명령을 내리자마자 동굴로 달려가 한 뭉치의 블랙 미스릴을 가지고 나왔다.

그러곤 그것을 슈비츠가 지정한 장소로 가지고 가서 조금씩 갉아 먹기 시작했다.

사각, 사각.

슈비츠는 그제야 딱정벌레가 무엇을 먹고 사는지 알 것 같았
다.

"광물, 저 검은색 광물이 벌레의 주식이었구나. 그래서 저렇
게 뼈 빠져라 일을 한 건가 봐."

그가 가슴속에 품고 있던 의문을 풀기도 전, 딱정벌레는 또다
시 미스터리한 행동을 시작했다.

퍼억, 퍼억!

놈은 두 집게발을 땅에 단단히 고정시킨 후 꼬리로 땅바닥을
문질렀다.

슥슥!

그러자 그곳에 푸른색 실타래가 생성되기 시작했다.

"어, 어어……?"

슈비츠는 푸른색 실타래가 마치 고치처럼 서서히 바닥에서
부터 차오르고 있다는 것을 알 수 있었다.

고치 안에는 남은 블랙 미스릴이 들어 있었는데 아마도 탈피
가 끝날 때까지 먹을 식량이 될 것으로 보였다.

슥슥슥!

잠시 후, 슈비츠의 예상대로 딱정벌레는 지름 1미터의 고치
안으로 들어가 버렸다.

　　　　*　　　　　*　　　　　*

　다음 날, 슈비츠는 고치 주변으로 서서히 딱딱한 껍질이 생기는 것을 목격했다.

　끼기기기긱!

　그리고 그 껍질은 마치 살아 숨 쉬는 생명처럼 울룩불룩 늘어났다가 줄어들기를 반복했다.

　아무래도 저 안에서 딱정벌레가 뭔가 일을 벌이고 있는 것이 분명했다.

　가만히 고치를 바라보던 슈비츠는 그것이 마치 터질 듯이 확 부풀어 오르는 것을 알 수 있었다.

　부우우우우욱!

　"어, 어어어!"

　자신도 모르게 한 발자국 뒤로 물어선 슈비츠, 그런 그의 눈앞에 진귀한 광경이 벌어졌다.

　부우욱, 퍼엉!

　터질 듯이 부풀어 오른 고치 안에 슈비츠가 처음 몸을 일으킬 때와 비슷한 형태의 동굴이 있었다.

　다만 다른 점이 하나 있다면 그 동굴 안에 마치 나무처럼 하반신을 바닥에 묻은 여인이 서 있다는 것이다.

그녀가 슈비츠에게 아주 정중하게 인사를 했다.

"당신이 저의 마스터이시군요. 반갑습니다."

"너는……."

"네, 당신이 발로 찬 그 딱정벌레입니다. 지금은 네스트의 주체가 되어 있지요."

슈비츠는 살짝 겸연쩍은 표정으로 그녀에게 말했다.

"험험, 그거야 네가 너무 황당하게 생겨서 그런 거야. 악의가 있던 것은 아니야. 이런 상황에 놓인다면 이 세상 그 어떤 누구라도 나와 같이 했을 거야."

"압니다. 그 마음 충분히 이해합니다."

그녀는 슈비츠에게 지금 이 상황에 대해 아주 자세히 설명하기 시작했다.

"아마도 마스터께서 이곳에 왜 오셨는지 궁금하실 겁니다. 아니, 어째서 이런 불모지에 뚝 떨어져 계신지가 가장 의문이겠지요."

"그래, 내가 어째서 이런 이상한 곳에 있는지 궁금해. 뭐야? 도대체 넌 무엇이고 이곳은 또 어디야?"

딱정벌레 여인은 슈비츠에게 자세히 자초지종을 말했다.

"마스터께선 우리 몬스터들의 정신 체계 안에 들어와 계신 것입니다. 블랙 미스릴이라는 것과 녹색 가스는 우리가 지구를 점령하면서 새로 생긴 것들이죠. 당신이 우리의 정신적 지주이고 당신이 우리 군단의 심장인 것입니다. 당신이 명령하면 미스릴을 채취해서 몬스터들을 변태시키는 것이죠."

"아아…, 그렇다면 내가 몬스터가 된 거야?"

"그렇다고 볼 수 있죠."

그는 자신이 실험체로 있던 이유가 바로 이런 것이라는 것을 어렵지 않게 알 수 있었다.

괴물이 되어 괴물을 다스리는 사람, 그를 위해 지금까지 그는 끔찍한 고통을 이겨낸 것이다.

"이제 당신이 우리이고 우리가 당신입니다."

"가족……."

"가족을 넘어선 하나입니다. 한 몸이라는 뜻이죠."

"그렇구나."

슈비츠는 자신에게 새로운 가족이 생겼다는 것에 만족했다.

*　　　*　　　*

프랑스 동부 지역의 국경수비대는 몬스터 군단의 파상 공세에 맞서 용감하게 싸우는 중이다.

두두두두두!

사방에서 총탄이 날아다니고 몬스터들의 시신이 국경수비대가 만들어놓은 고지대 방어 진지 앞에 점점 산처럼 쌓여가고 있었다.

프랑스 군부는 국경지대를 폐쇄하고 몬스터 군단의 파상 공세에 맞서기로 했다.

"단 한 마리도 그냥 보내선 안 된다! 모조리 다 죽여라!"

"예!"

군인들이 몬스터와 대치 중인 고지대 방어 진지는 총 250개로 국경지대 모든 곳을 커버할 수 있는 수준이었다. 그렇지만 만약 한 군데라도 뚫리는 날엔 250개의 진지가 모두 무용지물이 될 것이다.

프랑스는 이곳으로 보병, 포병 화력을 모두 집중시켜 절대 무너지지 않는 철옹성을 만들어냈다.

하지만 그들에게 곧 시련이 닥쳐왔다.

우우우웅!

직경 5km의 거대한 비행물체가 프랑스 방어 지역을 향해 다가온 것이다.

군인들은 경악을 금치 못했다.

"이런 빌어먹을?!"

"사격, 사격 개시!"

콰아아앙!

비행물체를 향해 엄청난 양의 포화가 쏟아져 순식간에 주변을 불바다로 만들어 버렸다.

놈은 불길에 휩싸여 사망하고 말았다.

크아아아앙!

"자, 잡았나?"

그러나 문제는 그놈이 아니라 그놈 안에 타고 있는 몬스터들이었다.

쿠우웅!

바닥으로 떨어져 내린 놈이 헛바닥을 쭉 내밀고 죽자 그 안에서 몬스터들이 떼로 몰려나왔다.

쿠오오오오오!

"모, 몬스터다!"

"사격하라!"

두두두두두!

다시 한번 포화가 쏟아졌지만 거대한 지상 몬스터들은 총탄을 맞으면서도 전진하였다. 덕분에 그 뒤를 따르던 작은 개체들이 안정적으로 달려나올 수 있었다.

결국 큰 개체가 쓰러지긴 했지만 놈이 거대한 언덕을 만들며 고지를 연결하는 다리 역할을 하였다.

작은 개체들은 미친 듯이 돌격하여 인간들을 뜯어 먹기 시작했다.

퍼버버버벅!

"끄아아아아악!"

사방에서 피가 튀고 병사들의 비명 소리가 들려왔다.

결국 군대는 철수를 선택하였다.

"철수! 제2 방어 지역으로 이동한다!"

병사들이 후퇴하는 동안에도 몬스터들은 쉬지 않고 달려들어 계속 인명 피해를 만들어냈다.

일만의 군사가 죽는 데 걸린 시간은 불과 15분. 이 짧은 시간이 병사들을 죽음으로 몰아넣은 것이다.

결국 프랑스 정부는 이들 군부를 몬스터와 함께 격멸하는 선택을 할 수밖에 없었다.

슈우우웅, 콰앙!

사방에서 미사일이 떨어져 병사들과 함께 몬스터들을 잿더미로 만들어 버렸다.

끼에에에에엑!

"끄아아아악! 살려줘!"

그나마 살아남은 병사들은 불구덩이에서 신음하며 서서히 죽어갔다.

이로써 프랑스 제1 방어 지역이 뚫려 국가의 존망이 흔들리는 계기가 되어버렸다.

*　　　　*　　　　*

유럽에서 일어난 몬스터의 파상 공세는 곧바로 퍼져 나가 중동 지역을 돌파하게 되었다.

그나마 중동 지역은 대부분이 사막이라서 몬스터의 돌파력이 떨어지긴 했지만 그 파상 공세는 비슷하였다.

그들은 하루 만에 아라비아반도를 장악, 일주일 만에 인도의 국경지대까지 치고 들어왔다.

한마디로 몬스터 군단은 쉬지도, 먹지도 않고 오로지 인간을 때려죽이는 데만 집중하고 있다는 소리였다.

인도는 해안선은 물론이고 국가의 모든 국경지대에 성벽을 두르고 몬스터와의 격전을 준비하였다.

그들은 몬스터가 진군하기 전부터 이미 성벽을 쌓고 있었기 때문에 그나마 침입으로부터 안전할 수 있던 것이다.

하지만 문제는 그들이 아니라 주변 국가들이었다.

인도가 동남아시아 지역을 방어하는 전초기지 역할을 하였지만 엉뚱하게도 그 많은 몬스터가 북진하여 중앙아시아 지역을 쑥대밭으로 만들어 버린 것이다.

카자흐스탄, 우즈베키스탄 등 군사력이 다소 약한 국가들은 있는 그대로 학살을 당하여 몬스터들의 전진기지가 되고 말았다.

이것은 몬스터들이 아시아 지역을 공략하는 교두보가 되는 계기가 되었는데, 이 계기로 인해 중국으로 몬스터들이 유입되었다.

중국은 만리장성을 시작으로 거대한 성벽을 쌓고 러시아와 함께 몬스터를 격멸하는 작전을 펼쳤다.

끼릭, 끼릭!

전차군단과 함께 기계화 보병들이 몬스터들이 우글거리는 지역으로 향하고 있다.

이들의 전투력은 국가 하나를 쓸어버리고도 남을 정도였지만 지금 전투에서 패배하면 그 후의 미래가 없었다.

중, 러 연합군으로 구성된 전차군단은 몬스터를 중앙아시아 서부 지역까지 밀어내는 것이 목표였다.

이미 후방에선 해당 지역의 생존자를 구출하는 작전이 펼쳐지고 있었기 때문에 이 작전에 성공한다면 한시적이나마 평화가 찾아올 것이다.

군인들은 목숨을 걸고 몬스터를 궤멸시켰다.

펑, 펑!

전차군단의 포화가 떨어져 내려 협곡을 지나던 몬스터들이 떼로 죽음을 맞이했다.

키헤에엑!

ㅡ제1 구역을 통과하면 우리는 다 죽는다! 긴장하라!

ㅡ입감!

협곡 중간중간에 자리 잡은 자주포와 전차들이 성능을 향상

시킨 고폭탄으로 몬스터들을 마구 주살하자 서서히 격멸 효과
가 보이는 듯했다.

하지만 바로 그때, 그들의 눈을 의심하게 만드는 것들이 하늘
에서 쏟아져 내렸다.

쇄아아아아아아!

구름도 아니고 괴물도 아닌, 그렇다고 무생물도 아니고 생물
도 아닌 정체불명의 물체가 비처럼 몬스터들을 쏟아내고 있었
다.

시간당 십만 마리에 달하는 엄청난 몬스터들이 쏟아져 내리
니 제아무리 전차군단이라도 그것을 감당해 낼 여력이 없었다.

하지만 전차군단은 이곳에서 빠져나갈 수 있는 퇴로를 차단
당했기 때문에 죽음이 아니면 남는 것이 없었다.

─제기랄, 퇴로가 꽉 막혔다!

─어쩔 수 없지. 이곳에서 결사항전을 벌이면서 전투기의 공
중 지원을 기다리는 수밖에!

그나마 탱크의 장갑이 몬스터의 공격을 막아내고 있긴 했지
만 언젠가는 해치가 열려 목숨을 잃게 될 것이다.

그때까지 병사들은 끝도 없이 고폭탄을 발사하여 몬스터들
을 사살하였다.

쿠쿵, 콰앙!

사방이 불바다에 몬스터의 시신이 산더미처럼 쌓여 피의 바

다를 이뤘다.

이제 중, 러 연합군은 앞으로 나아가지도 못하고 후퇴하지도 못하는 진퇴양난에 빠져들었다.

그나마 산비탈 아래로 내려가면 진군은 할 수 있었지만 이제는 그조차 불가능하였다.

군사들이 고립되어 서서히 죽어가던 바로 그때였다.

—여기는 폭격기 편대, 미사일을 투하할 것이다. 마음의 준비를 할 수 있도록.

—시간이 얼마나 남았나?

—10초 후 폭격한다.

병사들은 자신의 유서를 탱크 깊숙이 박혀 있는 블랙박스에 넣어두었다.

블랙박스는 포화가 떨어져 내려도 버틸 수 있는 유일한 물건이니 이것만 잘 버텨준다면 유언 정도는 남길 수 있을 것이다.

유언장을 잘 갈무리한 병사들은 살며시 눈을 감았다.

—…어머니께 안부를 전해다오.

—알겠다. 잘 가라.

폭격기는 이곳에 무차별적인 폭격을 가하였다.

*　　　　*　　　　*

몬스터들이 우글거리는 독일 중부에 카미엘 일행이 당도하였다.

슈비츠가 만들어놓은 몬스터 군단과 카일런의 몬스터 군단이 번갈아가면서 휩쓴 이곳은 그야말로 지옥이나 다름이 없었다.

카미엘 일행은 슈비츠를 놓쳤으니 이제는 원점을 타격하는 방법밖엔 남아 있지 않다고 생각했다.

다다다다!

저소음 헬기로 공중을 부유하면서 아래를 살피는 그들의 표정에 당혹감이 서렸다.

"…절망이군요. 이제 우리가 할 수 있는 것이 얼마 없을 겁니다."

"그래도 가야죠. 그렇지 않으면 이 사태를 종결시킬 수 없을 것입니다."

엘레니아는 이곳에서의 전투가 마지막이 될 것이라고 예언하였다.

"몬스터는 정신력으로 통제됩니다. 정신적 지주가 죽으면 모든 것이 끝나는 것이죠."

"그 전에 우리가 끝날 수도 있다는 것이 문제죠."

"어떤 방식으로든 끝은 날 것입니다. 몬스터가 끝나든 우리가 끝나든."

"흐음."

카미엘은 독일의 외곽에서부터 진입을 시도할 것을 제안하였다.

"지하 수로를 통해서 중앙으로 갑시다. 아마 지하 수로는 놈들의 파상 공세에서 조금은 자유로울 수 있을 테니까요."

"그래요. 지금 독일 정부에게 지하 수로의 도면과 지도를 다운로드 받아서 작전을 짜자고요."

"그럽시다."

실버 나이프의 요원 150명이 이 작전에 투입될 것이지만 그 어떤 누구도 살아서 독일을 빠져나갈 수 있다는 생각은 하지 않았다.

그러나 적어도 자신의 죽음이 헛되지 않기를 바라는 마음을 가지고 있기에 사기 진작에 도움이 되었다.

잠시 후, 실버 나이프 기술자들에게 지도가 전달되었다.

"독일에서 지도가 왔습니다. 지하 수로 깊숙한 곳은 아직 몬스터가 침투할 수 없는 구조로 되어 있답니다. 자신들이 원격으로 지하 수로를 조종해 줄 테니 그곳에서 작전을 펼치라고 하네요."

"좋습니다. 그럼 그곳으로 이동한 후에 전초기지를 세우고 그 놈을 잡아 죽일 수 있는 방안을 마련해 봅시다. 어차피 놈은 공간마법을 사용하는 놈을 잃었으니 더 이상 뭘 어쩌진 못할 것입니다."

"그래요."

잠시 후, 독일 외곽의 한적한 시골 마을로 헬기가 내려앉았
다.

휘이이잉!

카미엘의 헬기를 선두로 독일 사방에서 헬기가 내려앉아 지
하 수로로 향하는 작전이 실시되었다.

선두에 선 카미엘은 수도와 연결되어 있는 지하 수로의 맨홀
을 열었다.

끼익, 쿠웅!

그가 맨홀 안으로 들어가자 고약한 악취와 함께 몬스터, 인
간의 살덩이가 넓게 펼쳐져 있다.

"사람과 몬스터가 죽으면서 지독한 시독을 만들어내는군요."

"방독면을 쓰지 않으면 우리가 먼저 죽겠습니다."

일행은 방독면과 방진복을 착용한 후 몬스터들의 시신을 헤
치며 앞으로 나아갔다.

촤락, 촤락!

몬스터의 살이 녹아 흐물흐물한 밀가루 반죽처럼 부유하였
다.

"지독한 혈전이 있었던 모양입니다."

"그런 혈전은 지금 전 세계적으로 동시에 일어나고 있습니다.

그나마 중국과 러시아가 패배하면 한국은 물론 일본과 미국까지 퍼져 나가겠죠."

북극의 빙하가 거의 맞닿아 있는 미국과 러시아는 아메리카 대륙으로 몬스터가 창궐하는 교두보가 될 것이다.

만약 아메리카까지 몬스터들에게 점령당한다면 이제 남는 곳은 오스트레일리아뿐이다.

오스트레일리아에서 전 인류가 함께 공존하여 살아가야 하는 막막한 상황이 벌어지기 전에 이 사태를 끝내는 것이 바람직할 것이다.

카미엘은 기술자들이 출력해 준 지도를 따라서 천천히 앞으로 나아갔다.

"앞으로 일주일 후엔 우리가 목표한 곳까지 갈 수 있을 것입니다. 하지만 그곳에서의 전투 역시 불가피하겠지요."

"음."

"아무튼 힘을 냅시다. 그리 멀지 않았어요."

그를 따라서 대략 30명의 요원들이 줄을 지어 늘어섰다.

*　　　*　　　*

독일 프랑크푸르트까지 온 카미엘은 깊고 깊은 지하 수로에 전진기지를 구축하였다.

이곳까지 30명의 요원이 걸어오는 동안 그들은 등에 무전기와 전자기기 등을 짊어지고 따라왔다.

꽤 힘든 여정이었지만 이제 그 노고는 아무것도 아닌 맛보기에 불과하게 될 것이다.

앞으로 몬스터들이 얼마나 파상 공세를 펼칠지 아무도 모르기 때문이다.

카미엘은 이곳에서 목표 지점까지 대략 15km쯤 떨어져 있음을 알 수 있었다.

"놈이 기거하고 있는 곳은 테스나 빌딩입니다. 55층으로 이뤄진 곳인데 그곳의 꼭대기에 둥지가 있답니다."

"음, 그렇다면 몬스터들의 숫자가 상당하겠는데요?"

"예상하기론 몇십만, 많으면 몇백만에 이를 것으로 예상됩니다."

"몬스터 군단 몇백만이라니 상상이 안 갑니다."

카미엘은 이미 몬스터 군단이 대지를 까맣게 덮은 절망의 순간을 한 번 겪은 사람이다.

아직까지 몬스터가 완벽하게 득세한 것은 아니라서 잘하면 희망이 있을 것이라고 굳게 믿고 있었다.

"이보다 더 심한 상황에서도 인간은 버팁니다."

"그게 가능해요?"

"의지만 있다면요."

중간계에 몬스터가 창궐하여 하루에도 수천만의 개체를 내뱉을 때에도 인류는 무려 3년이나 버티면서 싸웠다.

그때를 생각하면 지금은 오히려 희망적이라고 볼 수도 있었다.

카미엘은 이곳으로 모여들고 있는 150명의 요원들에게 무전을 돌려 위치를 확인하였다.

"각 기수들, 위치가 어떻게 됩니까?"

—목표 지점까지 한 시간 남았습니다.

"좋습니다. 그럼 이곳으로 오셔서 잠깐 휴식을 취한 후에 출발하죠. 우리는 그동안 전투 준비를 갖추고 있겠습니다."

—알겠습니다.

그는 솔로몬에게 병력의 총괄 지휘를 부탁하였다.

"저는 그놈을 찾아 죽이는 길잡이 역할을 하겠습니다. 병력은 단장님이 이끌어주시지요."

"알겠네."

카미엘은 본대보다 한 시간 정도 일찍 출발하여 몬스터들의 동향을 살피고 추가 침투로 계획을 수립할 예정이다.

그는 카트리나, 엘레니아, 리나와 함께 짐을 꾸렸다.

"우리 먼저 출발합니다. 신호하면 발록 용병단을 투입해 주시고 그 후에 위험이 없다고 판단되면 따라오시지요."

"정말 네 명으로 괜찮겠나?"

"괜히 전부 같이 갔다가 함께 몰살을 당하는 것보다는 낫지 않겠습니까?"

"흠, 그건 그렇지."

"무운을 빌어주십시오."

"건투를 빌겠네."

영우와 일행이 무장한 채 길을 떠났다.

*　　　　*　　　　*

몬스터의 행렬은 목표 지점으로 가면 갈수록 이상하게 점점 줄어들었다.

카미엘은 이곳이 중앙기지의 역할을 하는 만큼 지금까지 본 군단보다는 훨씬 더 많은 군단이 자리 잡고 있을 것이라고 생각했다. 그러나 몬스터들은 이곳에서 생산되는 족족 전방으로 나아갔기 때문에 남은 놈들이 그리 많지 않았다.

"천운이로군. 저놈들이 본진을 지키는 것이 아니라 밖으로 나가는 것은 말이야."

"이로써 우리는 기회를 잡은 셈입니다. 최대한 빨리 건물로 올라가 봐요."

"그래요."

카미엘은 본대에 연락하여 이곳이 비교적 안전하다는 소식을 전한 후 곧바로 빌딩 지하 주차장으로 올라갔다.

그들은 지하 주차장에 있는 배수 시설을 따라 건물 안으로 들어가기로 했다.

쿠웅!

카미엘은 배수 시설을 막고 있던 거대한 철문을 뜯어낸 후 가장 먼저 안으로 들어섰다.

철퍽!

배수 시설 안으로 들어선 카미엘은 이곳에서도 인간의 피비린내가 진동한다는 것을 알 수 있었다.

"안에 사람들이 있는 모양입니다. 납치를 당했나?"

"그랬을 수도 있겠네요. 저들이 유전자의 다양성 확보를 위해 닥치는 대로 사람과 동물을 먹어치우고 있으니까요. 저곳에서 실험을 진행하고 있는지도 모릅니다."

만약 이곳에 사람이 있다면 미처 피신하지 못하고 독일에 남아 있는 민간인일 것이다.

대부분의 군인은 전부 전장에 나가서 죽고 그나마 남은 군인들 역시 지금 후방으로 밀려나 프랑스, 스페인의 국경지대로 투입되어 있었다.

몬스터의 싸움에서 살아남은 사람들은 그리 많지 않았지만 살아남았다고 해서 반드시 행복할 수는 없었다.

물론 사태가 끝나 인류가 다시 평화를 되찾는다면 그들이 혜택을 볼 수는 있을 것이다.

카미엘은 수로를 따라서 지하 주차장 마지막 층에 도달하였다.

끼익.

주차장으로 들어서는 길목에 있던 작은 철문을 열고 나오니 난장판인 채로 방치되어 있는 주차장 전경이 한눈에 들어왔다.

"거의 대부분 인간들의 피와 시신들로 이뤄져 있군요."

"…으윽, 피비린내. 비린내가 아주 진동하는데?"

"이곳에선 학살이 일어났던 것이 분명합니다. 이곳에 사람들을 몰아넣고 처참히 죽인 것이죠."

"…정말 피도 눈물도 없군요. 저들도 한때는 인간이었을 텐데요."

"그러기를 포기했으니 저런 금수만도 못한 행동을 하는 것이겠지요."

카미엘은 시신 더미를 지나 지하 주차장 5층으로 향하는 비상구의 문을 열었다.

끼이익!

조금 뻑뻑한 지하 주차장 비상구를 열자 다소 신선한 공기가 뿜어져 나왔다.

휘이이이잉!

"으음? 이곳은 공기가 좋은데?"

"아무래도 비상구보다는 엘리베이터를 타고 내려왔을 테니까 사람이 별로 없던 것이겠죠."

"그럼 이곳을 통해서 생존자가 빠져나갔을 수도 있겠군요."

"그럴 수도 있죠."

카미엘은 계단을 타고 천천히 위로 올라갔다.

뚜벅뚜벅.

발소리와 숨소리, 그 외의 것들은 귓가에 잘 들려오지도 않았다. 덕분에 집중력은 최고였지만 심장은 터질 듯이 거칠게 뛰었다.

두근두근!

바로 그때였다.

키헤에에에.

"엇, 몬스터다!"

카미엘은 자신의 머리 위로 몬스터의 목소리가 아주 잔잔히 울려온다는 것을 알 수 있었다.

아마도 몬스터의 중심지이다 보니 개체가 하나도 없을 수는 없을 터였다.

"저놈을 죽이고 갈까?"

"아니, 차라리 이곳에서 잠깐 대기한 후에 가자고."

그는 미리 준비해 둔 몬스터의 시신과 헝겊을 꺼내어 일행에게 내밀었다.

"방진복에 이걸 바르자고."

"으윽, 이걸 몸에 왜 발라?"

"놈들은 냄새에 민감하니까 살아 있는 인간의 냄새를 느낄 수 있어. 그때까지 발각되지 않으려면 이 수밖에 없어."

"끄응."

카트리나는 영 마뜩찮은 눈치였지만 엘레니아는 군말 없이 그것을 몸에 처덕처덕 발랐다.

물론 리나는 몬스터로 변신이 가능한 사람이기 때문에 그것을 바를 필요가 없었다.

카미엘은 자신의 몸에도 눅진하게 진액을 발라 냄새를 감추었다.

"자, 그럼 가볼까요?"

"그러자고요."

일행은 목표물이 있는 최상층을 향해 천천히 발걸음을 뗐다.

*   *   *

목표 지점 도착 한 시간째, 아직도 카미엘 일행은 계단을 오르고 있었다.

계단이 꽤 긴 탓도 있었지만 곳곳에 몬스터가 도사리고 있었기 때문에 올라가는 속도가 느려진 것이다.

카미엘 일행이 당도한 곳은 이제 54층, 목표한 지점에 거의 다 도달하였다.

"카미엘, 이제 거의 다 왔어. 슬슬 준비해야 할 것 같아."

"그렇군. 준비할게."

카트리나의 요청으로 카미엘은 마도 기계들을 소환하기 시작했다.

우우우우웅!

그의 마력이 닿은 곳에 라바 네 기와 그것을 싣고 다닐 수 있는 드롭머신 두 기가 나왔다.

카미엘은 일단 이 두 기로 상황을 본 후 본격적인 전투 대형을 갖추기로 했다.

그는 먼저 정찰용 로봇 네 기를 소환하여 주변을 살폈다.

끼릭, 끼릭.

카미엘과 시야를 교환한 로봇들은 51층에서부터 빠르게 뛰어 올라가 한 층 위의 상황을 카미엘에게 보고하였다.

55층엔 넓은 회의실과 몇 개의 방, 그리고 화장실 등이 있었다.

"몬스터 50마리와 CCTV들이 있어. 저것들은 내가 쓸어버리도록 하지."

"오케이."

그는 드롭머신을 위로 올려 자리를 잡았다.

우우우웅, 철컹!

라바가 자리를 잡자마자 몬스터들이 득달같이 달려들기 시작했다.

키헤에에에엑!

정찰로봇들은 몬스터들이 달려드는 길을 막고 라바는 그 후방에서 사격을 개시하여 단 두 방에 몬스터를 쓸어버렸다.

쾅!

끄웨에에에엑!

"잡았어."

"좋아, 올라가자고."

일행은 올라가 본격적인 전투 대형을 갖추었다.

우드드드득!

리나는 우선 울트라사우르스로 변신하여 입구를 가로막고 카트리나는 그 뒤로 몬스터 100마리를 풀어놓았다.

카트리나가 소환한 몬스터는 원거리 사격에선 당할 자가 없는 뮤트리사우르스였다.

뮤트리사우르스는 원거리 공격 속도가 빠르고 그 사정거리가 무려 5㎞에 달하는 그야말로 괴물이었다.

파괴력 또한 타의 추종을 불허하기 때문에 어지간한 몬스터 군단이 몰려든다고 해도 쉽사리 뚫어낼 수 없었다.

여기에 카미엘이 추가로 전기충격로봇 50기를 소환하여 자리를 잡게 하였다.

전기충격로봇은 광대역 공격이 가능한 로봇으로서 대략 5초간 전방 100미터를 커버할 수 있는 충격파를 소환한다.

만약 이대로 진형을 갖추고 몬스터를 상대한다면 끝도 없이 그들을 막아낼 수 있을 것이다.

엘레니아는 정령을 소환하였다.

"엘리멘탈 바머!"

몬스터나 기계에 사대원소 축복을 내려주는 엘리멘탈 바머가 소환되어 55층 전역을 장악하였다.

카미엘은 놈의 본거지로 보이는 회장실로 서서히 다가갔다.

스릉!

검을 뽑은 카미엘이 슬그머니 회장의 집무실 문을 열었다.

그러자 그 안에 있던 카일런의 모습이 보인다.

카일런은 푸른색 머리카락에 녹색 눈동자를 가진 쾌남으로 키가 195㎝에 이르는 장신이었다.

그는 근육질의 몸매가 그대로 드러나는 슈트를 입은 채 회장실 의자에 앉아 있었다.

"오오, 위대한 마도사 카미엘 아니신가?"

"카일런. 배신자를 이런 곳에서 만나다니 아주 속이 다 시원해지겠군."

"후후, 그거야 시간이 지나봐야 아는 것 아니겠나?"

카일런이 손가락을 튕겼다.

따악!

순간, 건물이 흔들리면서 1층에서부터 엄청난 양의 몬스터가 쏟아져 올라오기 시작했다.

그 숫자를 따지자면 거의 5만에 가까웠으며 몬스터들은 계속해서 생산되어 돌격을 준비하고 있었다.

카미엘은 실소를 흘렸다.

"고작 저런 쓰레기들로 나를 잡겠다는 것인가?"

"후후, 그래, 잡아 죽일 수는 없겠지. 하지만 내가 도망갈 시간은 충분히 벌 수 있지 않겠어?"

"나를 만나서 한다는 소리가 고작 도망인가?"

"나중을 도모하는 것이다. 물론 내가 이곳에서 죽는다면 그것 역시 끝이겠지."

잠시 후, 회장실 창문을 깨고 거대한 몬스터 한 마리가 혀를 쪽 내밀었다.

츄륵!

거대한 촉수처럼 생긴 혓바닥이 카미엘의 목덜미를 노리며 들어왔다.

"어딜 감히!"

그는 검을 아래로 내리그어 놈의 혓바닥을 단칼에 잘라 버렸다.

서걱!

끄에에에엑!

"역시 명불허전이로군."

"저런 괴물은 또 어디서 만든 것인가?"

"그건 비밀!"

바로 그때, 헛바닥이 폭발을 일으키며 카미엘에게 녹색 액체를 분사하였다.

콰앙!

카미엘은 본능적으로 신형을 뒤로 물리며 영혼석을 교체하였다.

"가드너!"

절대무적의 방어력을 가진 가드너가 소환되어 카미엘의 앞에 두꺼운 장막을 만들어냈다.

우드드드득!

몬스터의 뼈로 이뤄진 장막이 설치되자 카일런은 곧장 창밖으로 신형을 날렸다.

파밧!

그의 신형이 아래로 떨어져 내릴 즈음 하늘에서 거대한 매 한 마리가 날아와 그를 낚아챘다.

카일런이 카미엘을 바라보며 광소를 터뜨렸다.

"크하하하하! 네놈들은 오늘 그곳에서 죽을 것이다! 내가 파 놓은 함정이 그리 쉽게 걸려들다니, 네놈들도 한참 멀었구나!"

"…놈, 반드시 죽이겠다!"

그는 어둠의 정령왕이던 칠흑의 몬스터 데드헐크를 소환하
였다.

"데드헐크!"

쿠그그그극!

데드헐크는 카미엘의 명령에 따라 어둠의 정령들을 소환하여
그에게 따라붙도록 하였다.

─…가라!

그의 손을 떠난 어둠의 정령들이 무형무취의 공기가 되어 카
일런에게 달라붙었다.

이는 그 어떤 능력을 지녔더라도 알아차릴 수 없는 추격이었
다.

이제 그의 위치를 파악할 수 있으니 전투에 집중할 차례였
다.

카미엘이 눈을 돌리니 벌써부터 치열한 접전이 벌어지고 있
었다.

우웅, 콰앙!

라바의 가공할 만한 위력과 카트리나의 몬스터들이 앙상블
을 이뤄 후방을 단단히 받쳐주고 있고 전기충격머신이 도처에
전기충격파를 소환하여 광대역 살상을 이뤄냈다.

콰지지지지직!

끄웨, 끄웹!

일 초에 오천 마리가 넘는 몬스터가 사망하는 이 엄청난 전기충격파에 몬스터 군단의 위력은 점점 더 떨어질 수밖에 없었다.

카미엘은 바닥에 떨어진 몬스터 코어를 수집하여 부서진 심장을 완벽히 치료하였다.

우드드드득!

이제 카미엘은 일전에 자신이 가지고 있던 위대한 마도사 카미엘의 심장을 수복하였다.

그의 심장에선 무한한 마나를 뿜어내 소환체들의 개수가 비약적으로 상승하였다.

"기간틱 하이가드!"

기간틱 하이가드는 단단한 중갑으로 둘러싸인 기사들로 적들의 공격을 하루 종일 맞아도 흠집 하나 남지 않는 전투 병기였다.

총 50기의 기간틱 하이가드가 소환되어 계단을 오르는 몬스터들을 보이는 족족 베어나갔다.

퍼억, 퍼억!

그들의 파상 공세는 오히려 몬스터 군단을 압도하였고, 놈들은 서서히 신형을 뒤로 물리기 시작했다.

끄으응!

"좋아, 이대로 진군한다!"

한 층을 내려가는 데 걸리는 시간이 단 10초, 올라올 때보다 훨씬 더 빨리 몬스터를 밀어냈다.

카미엘은 1층, 그리고 지하에 이르러선 몬스터를 생산하고 있는 갑각 살덩이를 발견하였다.

쿠극, 쿠극!

애벌레를 토해내듯 뱉어놓고 그것을 알의 형태로 변태시켜 몬스터를 끝도 없이 생산해 내는 놈들이다.

카미엘은 단 일격에 갑각 살덩이를 쳐 죽여 버렸다.

퍼억!

푸하아아아악!

사방으로 선혈이 흩날리며 놈이 장렬히 죽어나갔다.

끄웨에에에엑!

놈이 죽자마자 몬스터들이 힘을 잃고 쓰러져 코어를 뱉어냈다.

카트리나와 카미엘, 리나는 그것들을 모두 흡수하여 대략 1.5배에 달하는 힘을 축적할 수 있게 되었다.

"오히려 좋군. 이놈들을 정리하고 힘을 축적하여 지구를 떠나가면 되겠어."

"좋아요. 이대로 놈들을 조금 더 밀어내자고요."

카미엘 일행은 이곳에서 수복한 힘을 바탕으로 독일 탈환까지 획책하였다.

*   *   *

카미엘이 이끄는 로봇군단의 숫자는 처음 두 기에서 무려 500기로 늘어났다.

500기의 로봇은 저마다 맡은 포지션은 달랐지만 그 위력은 몬스터 군단을 아이스크림처럼 녹여낼 정도로 대단했다.

기간틱 하이가드가 합체하여 몸길이 120미터에 이르는 초대형 마도 기계로 변모하였다.

우우우웅, 쿠오오오오오!

몬스터의 코어를 기본 베이스로 하여 만들어진 기간틱 하이가드는 소환되는 족족 합체하여 점점 더 거대해지는 특징을 가지고 있다.

카미엘은 기간틱 하이가드에 자신이 소환한 모든 소환체를 합체시켰다.

우우웅, 콰앙!

그의 손길 한 번에 전기파, 매직 미사일, 광자폭탄 등 광대역 살상 무기와 폭탄 등이 떨어져 내렸다.

카미엘이 밟고 지나간 곳에는 몬스터들이 우글거렸고, 그놈들을 해치울 때마다 카미엘은 점점 더 강해졌다.

오히려 일전보다 훨씬 더 강력해진 그의 심장은 끝도 없는 마나를 뿜어내 몬스터들을 피죽으로 만들어 버렸다.

유럽연합군은 카미엘이 소환한 괴물을 바라보며 입을 떡 벌릴 수밖에 없었다.

"이, 이건 도대체……?"

"또 다른 몬스터의 등장인가?!"

"그렇다고 하기엔 몬스터를 너무 많이 죽이고 있습니다. 그리고 우리 군인과 민간인은 건드리지 않고 있지 않습니까?"

"흠."

카미엘은 기간틱 하이가드의 소환을 끝으로 로봇은 그만 소환하고 자신이 가진 영혼석들을 사방에 풀어놓기로 했다.

그는 500개의 영혼을 중첩으로 소환할 수 있는 능력을 지니고 있었고, 그것은 오로지 하나의 통제기로 조절이 가능했다.

카미엘은 몬스터들의 왕 발록을 시작으로 블러디안 등 초일류 몬스터 50마리를 소환하였다.

─크하하하! 이 몸이 부활하였다!

"발록, 몬스터 군단을 이끌고 저놈들을 박살 내라."

─그건 네놈이 시키지 않아도 할 것이다!

생전의 모습을 그대로 복원시킨 발록의 크기는 오히려 기간틱 하이가드의 몸집이 작아 보일 정도로 거대하였다.

날개의 길이는 무려 150미터에 달했고 손길이 한 번 스칠 때마다 유황지옥이 펼쳐졌다.

ㅡ크하하하, 죽어라!

콰아아앙!

사방을 불길로 물들이는 그를 따라다니는 물의 정령왕 루티아나는 지구의 일원을 지키는 경계를 쳤다.

덕분에 그가 아무리 활개를 치고 다닌다고 해도 피해를 입을 일은 없었다.

그렇게 독일에서부터 시작된 공격이 프랑스 국경지대를 돌파하여 스페인까지 이어졌다.

카미엘은 국경지대를 지키고 있는 군부의 수장을 불러냈다.

"이곳의 수장이 누구입니까?"

"다, 당신은……."

"발록의 주인입니다. 이 기간틱 하이가드의 창조자이기도 하고요."

"아아……!"

카미엘이 손을 들어 진군을 멈추자, 발록이 아쉬운 표정으로 그에게 다가왔다.

ㅡ카미엘 이 겁쟁이 같으니, 왜 벌써 진군을 멈추는 것이냐?

"이 사람들의 사정을 들어봐야 하지 않겠나?"

ㅡ크웅, 내가 그 사정을 왜…….

"그게 네가 소환된 이유니까."

―끄응, 알겠다.

카미엘은 유럽연합군 수장 미카엘 도스네일에게 사정 청취를
부탁하였다.

"스페인이 밀리고 난 후 놈들은 어디로 갔습니까?"

"일단 아라비아반도가 불에 탔고 중앙아시아에 러시아까지
크게 불탔습니다. 아마 이제 곧 아메리카로 넘어가겠지요."

"음, 그렇군요."

"그런데 이 엄청난 것들은……."

"지구인을 위한 선물이랄까요?"

"그렇다면 당신은 온전히 우리의 편이라는 소리군요."

"그렇습니다. 한때는 지구에 남을까도 생각했습니다만, 이제
는 생각이 바뀌었습니다."

그는 진심으로 아쉽다는 표정을 지었다.

"지구의 수호자께서 가신다니……."

"그래도 지구는 다시 살아날 것입니다. 그리고 자손만대 번
창하겠지요. 저는 그 기틀을 잡아줄 뿐입니다."

이제 카미엘은 방향을 틀어 몬스터 군단을 계속 추격하기로
했다.

"갑시다. 함께 놈들을 격멸하는 겁니다."

"아, 예!"

그는 발록군단과 기간틱 하이가드를 앞세워 중앙아시아로 진

격하였다.

*　　　　*　　　　*

카미엘의 기간틱 하이가드와 발록의 몬스터 군단이 적의 뒤를 잡기 위해 바짝 따라붙는 중이다.

이들이 가진 세력은 점점 불어나 몬스터 500마리, 기간틱 하이가드는 무려 150미터로 성장하였다.

쿠웅, 쿠웅!

기간틱 하이가드가 한 걸음 뗄 때마다 지반이 무너질 듯한 진동이 일어났다.

사람들은 어지간한 건물은 명함도 못 내밀 정도로 거대한 기간틱 하이가드를 바라보며 환호성을 질렀다.

"와아아아아아!"

"쓸어버려! 싹 쓸어버려!"

카미엘은 민간인들의 환호를 받으며 몬스터 군단과 함께 중앙아시아와 동북아시아의 경계선을 넘었다.

이곳에는 능선을 따라서 거대한 몬스터의 안식처들이 줄을 지어 서 있었는데, 그래봤자 발록이 이끄는 몬스터 군단이 지나가면 흔적도 없이 사라질 것이다.

그는 기간틱 하이가드를 앞세우고 그 뒤를 따라서 몬스터들이 줄을 지어 늘어서도록 하였다.

"가자!"

─크하하하, 쓸어버려라!

발록이 이끄는 몬스터들은 전부 최상급, 혹은 상급의 몬스터들로서 카일런이 이끄는 몬스터들은 이들에 비하자면 하등생물에 불과하였다.

몬스터의 등급은 최하급에서 최상급으로 올라가는데, 한 단계마다 전투력의 차이가 10배에서 많게는 50배까지 난다.

한마디로 최상급 중에서도 최상급에 속하는 발록이나 블러디안 같은 몬스터들은 지금 이 능선에 있는 몬스터들이 전부 다 덤벼도 흠집 하나 낼 수 없다는 소리였다.

더군다나 이들이 생전의 모습을 되찾은 데다 카미엘의 심장이 점점 더 강해져 그에 대한 버프를 받고 있다.

한마디로 발록은 몬스터라는 틀을 벗어난 존재가 되어버린 것이다.

발록은 카미엘이 지정한 몬스터와 그 지휘자들을 무참히 살육하며 피의 만찬을 즐겼다.

─크흐흐흐, 죽어라!

촤락!

그의 채찍이 날아가 적 몬스터 군단의 진지를 파괴하고 그 안에 있던 모든 생명체를 한꺼번에 불태워 버렸다.

콰아앙!

끼에에에엑!

—크하하하, 죽여라! 모두 죽여라!

고삐 풀린 망아지처럼 사방을 훑고 다니는 발록과 그 동료들의 모습은 인간들을 공포로 몰아넣기에 충분했지만 그들은 인간을 해할 수 없었다.

카미엘은 몬스터 군단의 파상 공세에 힘입어 아주 손쉽게 능선을 넘을 수 있었다.

고비사막 인근, 몬스터들의 파상 공세에 맞선 한, 중, 러, 일, 미 연합군이 방어작전을 펼치는 중이다.

이들은 야포와 미사일, 폭격기, 전차 등 모든 군사 기반을 총동원하여 작전을 진행하였다.

아직까지 작전에 참여하지는 않았지만 북한 역시 곧 대열에 합류할 것이라고 선언하였다.

이제 이곳은 동북아시아의 격전 지역이자 화합의 장이 된 것이다.

두두두두!

기관총 진지에서 포화가 쏟아져 몬스터들을 무참히 죽여 나갔지만 놈들의 파상 공세는 좀처럼 줄어들 생각을 하지 않았다.

"탄약이 부족합니다!"

"5분, 5분 남았다! 5분 안에 보급품이 도착할 것이다! 조금만 더 버텨!"

"하지만 탄약이……."

"탄약을 최대한 아낀다! 수류탄과 유탄 등을 사용해서 일단 막아내고 남은 놈들을 탄약으로 족쳐야 한다!"

"예, 알겠습니다!"

후방에선 일반 공장들이 전부 군수공장으로 전환되어 탄약과 군수물자를 찍어내고 있었지만 그것만으론 역부족이었다.

몬스터의 숫자가 총알보다 많아서 아무리 없애도 어림없었던 것이다.

그런 그들의 귓가에 희소식이 들려왔다.

쿠웅, 쿠웅!

"후방에서 기간틱 하이가드가 공격을 펼치며 진군하고 있다는 소식이다!"

"오오!"

"조금만 참아라! 불과 한 시간도 안 남았다! 그가 도착하면 우리는 적과의 교전에서 승리할 것이다!"

"와아아아아아아아!"

잠시 후, 부대에 낙하산으로 보급품이 도착하였다.

병사들은 후방 부대에서 보낸 보급품 상자를 받아 탄약과 전투 물자를 잔뜩 보급 받았다.

이들이 받은 물자라면 적어도 한 시간 정도 버티는 것은 어렵지 않을 것으로 보였다.

"한 시간이다! 한 시간만 버티면 된다!"

"예!"

군사들의 얼굴에 환희가 가득하다.

*   *   *

깊은 심연 속, 슈비츠가 무너져 내리는 대지를 바라보고 있다.

"어떻게 된 거지?"

"우리가 패배한 겁니다. 아직 마법사 나부랭이가 살아 있긴 하지만 얼마 버티지 못할 테지요."

"그럼 우리는 어떻게 되는 거야?"

"사라지겠지요."

"아예 사라진다고?"

"네, 그렇습니다."

몬스터 군단은 곧 슈비츠이고 그들이 무너져 내렸다는 것은 슈비츠 역시 살아남지 못한다는 것을 의미했다.

잠시 후, 슈비츠의 심장에 강력한 타격이 느껴졌다.

쿠웅!

"으으으윽!"

"마스터, 겸허하게 받아들이십시오."

"나, 나는 죽는 거야?"

"저도 죽을 것이고 다른 몬스터 역시 다 죽을 겁니다. 우리 모두 함께 이 땅에서 사라져 가는 겁니다."

"…그래도 같이 죽을 수 있어서 다행이야."

그녀는 쓰러진 슈비츠를 자신의 무릎 위에 올려놓았다.

거칠게 숨을 몰아쉬는 슈비츠가 서서히 눈을 감았다.

"미안해. 가족을 지켜야 하는데……"

"편안히 눈을 감으세요. 우린 괜찮습니다. 앞으로 마스터도 편안해질 겁니다. 죽음 뒤에는 편안한 안락이 있다고들 하더라고요."

"그렇다면 우리 엄마, 아빠도 편안하게 갔을까?"

"그랬을 겁니다."

"그럼 다행이고……"

"먼저 가서 기다리십시오. 저희들도 곧 따라가겠습니다."

"그래……"

파앗!

순간, 슈비츠의 시신이 전장 한복판에 떨어져 내렸다.

쿠웅!

카미엘은 전장 한가운데 떨어진 슈비츠의 시신을 받아 들었다.

"이 아이가 바로……."

―카일런의 실험체이자 지금까지 몬스터를 이끈 실질적인 알파라고 할 수 있지.

"대단한 아이로구나. 이 엄청난 전쟁을 이끌다니 말이야."

―부모를 잃은 충격으로 인해 가능한 일이겠지. 아무런 충격 없이 진화하는 것은 불가능하니까.

"카일런 이 개자식!"

―카일런을 탓할 것이 아니라 몬스터를 이곳으로 몰고 온 우연이라는 것을 탓해라.

카미엘은 고개를 가로저었다.

"우연이라도 기회가 있다면 사람부터 죽이겠다는 마인드를 가진 것이 잘못이다."

―으음.

"네놈, 다시 한번만 저놈을 옹호했다간 평생 유황불에서 살게 해줄 것이다."

―…….

그는 일단 슈비츠의 시신을 수습해 주고 전쟁을 계속하기로 했다.

*   *   *

카미엘은 슈비츠의 고향으로 돌아와 땅을 알아보았다.

위이이잉, 철컹!

한창 복구 공사가 진행 중인 스위스 시골 마을로 온 카미엘은 유럽연합군 사령관에게 양해를 구하여 매장지를 구하였다.

그는 직접 삽으로 땅을 파고 못질과 톱질을 하여 관을 짰다.

홀로 준비한 장례식이지만 어린아이를 보내는 형식은 어느 정도 갖추어놓았다.

카미엘은 잠시 전쟁을 멈추고 마을로 다시 모여든 생존자들에게 아이의 장례식 참석을 부탁하였다.

그는 관에 들어가 평온한 표정으로 누워 있는 슈비츠를 바라보며 생존자들에게 말했다.

"이 아이는 아무런 잘못이 없습니다. 물론 지금까지 죽어간 사람들 역시 잘못이 없겠지요. 이 사태는 비극입니다. 다시는 이런 비극이 일어나지 않도록 슬픔은 가슴에 묻고 다시 일어납시다."

카미엘은 슈비츠의 시신을 불태웠다.

화르르르르륵!

작은 소년의 몸이 불에 타면서 검은 연기를 피워냈다.

끼이이이이잉!

그의 몸이 타면서 몬스터의 유전자를 응축해 놓은 심장 역시 사라져 형체를 찾아볼 수 없게 되었다.

카미엘은 채 5분도 안 되어 한 줌의 재가 되어버린 슈비츠의 시신을 땅에 묻기로 하였다.

퍽, 퍽!

마을 사람들이 한데 모여 삽질을 도와주었다.

대략 한 시간 후, 매장이 끝나고 사람들은 저마다 들에서 꺾어온 꽃을 헌화하며 그를 기려주었다.

마을 사람들이 들꽃을 가져다준 것은 이 땅에 새롭게 생명이 자란다는 것을 슈비츠에게도 보여주고 싶었기 때문이다.

이제 슈비츠는 영원히 고향 땅에서 안식을 누리게 될 것이다

*   *   *

몬스터 군단은 기간틱 하이가드와 발록군단의 압박에 밀려 조금씩 후퇴를 거듭하였다.

분노에 찬 카미엘의 날카로운 검을 막아낼 힘이 더 이상 없었기 때문이다.

이제 그들은 더 이상 물러날 곳이 없었다.

앞에는 발록군단이 버티고 있고 그 뒤에선 인간들이 성벽을 쌓고 농성을 벌이고 있었기 때문이다.

제아무리 몬스터의 숫자가 많다고 해도 기간틱 하이가드 한 기를 이기지 못하는 데다 발록이 채찍을 한 번만 휘둘러도 수

많은 몬스터가 죽어나갔다.

발록과 비슷한 전투력을 가진 몬스터들이 즐비한 저 엄청난 군단을 이기기엔 역부족이었던 것이다.

이제 카일런은 결단을 내릴 수밖에 없었다.

"젠장, 이대로 포기해야 하는 것인가?"

그는 자신의 클론을 도처에 만들어두었지만 엘레니아의 포털이 그들을 쫓아다니는 중이다.

아마도 카트리나, 엘레니아 콤비가 그들을 격멸하고 나면 본체인 자신도 얼마 지나지 않아 목숨을 잃을 것이 분명했다.

그렇다면 이쯤에서 협상을 제안할 필요가 있었다.

그는 카미엘에게 협상을 제안하기 위하여 몬스터 군단의 공격을 잠시 멈추었다.

잠시 후, 기간틱 하이가드의 어깨 위에 있는 카미엘의 모습이 보였다.

위잉, 쿠웅!

거대한 몸집을 이끌고 있는 기간틱 하이가드에게 카일런이 외쳤다.

"카미엘! 협상을 하자! 더 이상의 희생은 무의미하다!"

—……

"협상을 하자는 말이다! 내 말이 무슨 뜻인지 모르겠나?!"

예전의 카미엘이라면 가장 합리적인 방법으로 카일런의 죄를 심판하고 몬스터들을 살려두는 방향으로 가닥을 잡았을 것이다.

하지만 카미엘은 이미 그에게 희망이 없다고 판단하였다.

"개소리 지껄이지 마라!"

순간, 기간틱 하이가드의 팔에서 대략 500개의 고속탄이 날아들었다.

쾅쾅쾅쾅!

라바의 탄약이 몇 배 업그레이드되었기 때문에 탄이 떨어지는 곳마다 족족 불바다가 되었다.

꾸웨에에에엑!

몬스터들은 속절없이 죽어갔고 그들이 남긴 코어는 다시 카미엘에게 흡수되어 그의 심장이 점점 더 강해졌다.

그는 지금의 크기보다는 조금 작지만 성능은 아주 알찬 기간틱 하이가드 50기를 더 소환하였다.

우우우웅!

이들의 크기는 한 기당 80미터. 아무리 작은 모델로 소환되었다곤 하지만 이들의 가진 공격력이라면 행성 하나를 날리고도 남을 것이다.

기간틱 하이가드 부대는 일제히 돌격하며 몬스터가 일군 부락을 초토화시켰다.

"공격!"

펑펑펑!

매직미사일을 포함하여 무려 150가지의 무기가 날아가 몬스터 군락을 파괴시키니 코어 빼곤 남는 것이 없었다.

카일런은 이곳에 몬스터들의 군락을 이루고 병력을 생산하여 중국을 장악하려는 꿈을 꾸었지만 그것은 일장춘몽에 지나지 않았다.

설마하니 카미엘이 몬스터 코어를 먹고 이렇게 단시간 만에 능력을 회복하고 그 능력을 증폭시킬 줄은 꿈에도 몰랐기 때문이다.

그는 이쯤에서 체념하기로 했다.

"크흐흐, 크하하하! 내가 졌다!"

"졌다고 끝날 문제가 아니다. 네놈의 모가지를 쳐서 화근을 없애야 한다."

"내가 만약 스스로 자진한다면 그리하게 해주겠는가? 고통 없이 보내줄 것인가?"

"네놈의 클론을 한꺼번에 다 죽이고 함께 죽는다면 그리해주도록 하지."

그는 고개를 끄덕였다.

"알겠다."

카일런은 어차피 자신이 살아남을 수 있는 방법은 없으니 최대한 고통 없이 가는 방법을 선택하였다.

그는 눈을 감고 자신과 정신이 연결된 클론들에게 자살을 명령하였다.

촤락!

동시에 목을 그어 자살한 클론들은 이제 더 이상 이 세상 사람이 아니었다. 남은 것은 본체의 죽음뿐이었다.

카일런은 가만히 심호흡을 하였다.

"후우……."

"죽기 전에 남길 말이 있다면 들어주겠다."

"…나의 제국이 완성될 수 있었는데… 아깝게 되었군."

"그런 꿈은 죽어서나 꾸길 바란다."

이윽고 카일런의 손이 자신의 목덜미를 뚫고 지나갔다.

퍼억!

푸하아아아아악!

사방으로 선혈이 흩날리고 난 후 그의 시신이 순식간에 사라져 그 자리엔 거대한 코어 하나만이 남게 되었다.

카미엘은 사방에 널려 있는 코어를 바라보며 말했다.

"이 코어는 지구의 인류를 위해 남깁니다. 앞으로 이것을 가지고 무너진 인류의 기반을 중축하였으면 합니다."

"오오오!"

인류는 사상 최악의 위기에서 벗어나 새로운 시작점을 맞이하게 되었다.

　　　　*　　　　*　　　　*

　몬스터의 위협이 완전히 사라진 지구는 이제 더 이상 코어산업에 의존하지 않고 발전된 현재의 기술을 개량하여 또 다른 도약을 시도하였다.

　코어는 무너진 나라의 건물들을 재건하고 생활 터전을 구축하는 데 사용되었고 전 세계가 구호 병력을 보내 유럽과 아시아 일부 지역을 재건해 나갔다.

　한국을 비롯한 전 세계 정부의 수장들은 지금까지 인류의 존립을 위협하던 정치 세력과 그 끄나풀을 잡아서 숙청하는 작업에 착수하였다.

　김진태와 같은 끄나풀을 숙청하지 않으면 언제 다시 이런 불상사가 일어날지 모른다는 불안감 때문이었다.

　이들을 잡아들여 심판하고 나면 처분은 단 한 가지였다.

　대한민국 대법원에선 김진태의 사형이 확정되었다.

　"…몬스터 군단과 협력하여 전 세계를 죽음으로 몰아넣고 그 위기의 순간에도 역시 그들에게 협조한 죄를 물어 피고를 사형에 처한다."

　탕탕탕!

　무려 20년 만에 사형 제도가 부활한 것이다.

이번 판결에 인권단체들이 아주 소심하게 반발하긴 했지만 그들 역시 김진태를 비롯한 끄나풀의 처형엔 관여할 수가 없었다.

그들을 옹호한다는 것은 차라리 히틀러와 같은 전범을 그냥 살려두자는 얘기와 진배없었으며 그것은 인류에 대한 배반이었다.

지금까지 전 세계 인구의 절반이 넘는 사람이 죽어나갔고 중앙유럽은 향후 4년간 아무런 경제 활동을 할 수 없는 그로기 상태에 놓여 있었다.

가족과 친구, 연인 등을 잃은 그들의 슬픔이 칼날이 되어 반대 세력을 칠 것이니, 아무리 인권단체라도 할 말이 없었던 것이다.

김진태는 법정에서 형장으로 끌려가는 와중에도 소리를 빽빽 질러댔다.

"억울하다! 이건 정치적인 계략이다! 이 내가, 나라를 위해 목숨을 바친 내가 역적이라니! 말도 안 된다! 이건 음모란 말이다!"

"시끄럽군."

카미엘은 김진태의 죽음을 지켜보다가 답답한 마음에 그에게로 다가가 재갈을 물려 버렸다.

퍽!

"우, 우우우웁!"

"죽을 때 죽더라도 품위 있게 죽어라. 이게 무슨 개망신이냐?"

"······!"

김진태가 재갈을 물고 나가는 광경이 전 세계로 송출되었고, 사람들은 그에게 비난의 목소리를 쏟아냈다.

"죽어라!"

"죽어라! 죽어라!"

전 세계 인구의 절반을 죽음으로 몰아간 희대의 사건이 종결되려 한다.

                    *   *   *

몬스터 군단이 사라진 후 그들이 죽은 자리에는 신기하게도 새로운 물질들이 생성되었다.

한차례 홍역을 앓은 지구는 몬스터들의 시신을 땅으로 흡수하였고, 그들은 계속해서 마이너스 에너지를 출력해 냈다.

그런데 이 마이너스 에너지가 송출될 때마다 지상에선 플러스 에너지가 생성되어 초목을 우거지게 하고 공기 청정 기능을 하였다.

인류는 이곳에 전기발전소를 짓고 전 세계로 전기를 송출하였다.

지금까지 몬스터가 죽어 이러한 에너지 포인트가 생성되지 않은 곳이 거의 없었음으로 인류는 자력으로 에너지를 공급할 수 있는 기반을 얻은 셈이다.

몬스터가 인류에게 상처를 내긴 했지만 그로 인하여 인류는 한 단계 나아갈 수 있는 힘을 얻게 된 것이다.

카미엘은 이제 인류가 자생할 수 있는 능력이 생겼으니 자신은 이만 빠져야 할 때가 왔다고 생각했다.

그는 자신의 손자 손녀를 데리고 포털을 넘어갈 계획을 수립하기로 했다.

카트리나와 엘레니아의 말에 따르면 앞으로 대략 10년이면 포털을 구축하고 그곳을 타고 다른 세계로 넘어갈 수 있다는 것이다.

여기에 실버 나이프의 공간기술자들이 도움을 주어 조금 더 안정적인 기술력을 얻어낼 수 있을 것으로 보였다.

그렇게 모두가 연구에 매달린 지 어언 10년, 드디어 포털이 개발되었다.

이른 아침, 아델은 잠에 빠져 있는 아린을 깨웠다.

"아린, 일어나. 오늘은 중요한 날이야."

"으음……."

아린과 아델은 올해로 열세 살이 되었고, 지구의 교육을 대학원까지 마친 수재 중의 수재가 되었다.

열세 살의 나이로 논문을 내고 박사 학위까지 받은 쌍둥이는 세상의 학문이란 학문은 거의 다 통달하게 되었다.

이들이 지구에 남으면 인류에 무한한 발전을 가져오겠지만 그들은 이제 그만 이곳을 떠나야 할 이방인들이었다.

아린과 아델이 막 잠자리에서 일어났을 무렵엔 카미엘과 카트리나가 용병사무소 마당에 포털을 설치하고 있었다.

벌써 150회의 실험을 거쳐 그 성능이 입증된 유일무이한 포털이 완성되어 이들을 아공간 너머의 세계로 데려다 줄 것이다.

카미엘은 이제 막 잠에서 깨어난 두 쌍둥이에게 말했다.

"얘들아, 짐을 챙겨라. 이제 떠날 거야."

"무엇무엇을 가지고 갈 수 있나요?"

"집 빼곤 다 가지고 갈 거야. 전술비행기, 장갑차, 헬기, 심지어 소형 헬기모함까지 지원 받기로 했어."

"아니요, 그것 말고요. 컴퓨터와 핸드폰은 가지고 가도 되나요?"

카미엘은 실소를 흘렸다.

"넌 박사라는 녀석이 그런 생각뿐이냐? 생활에 도움이 되는 실질적인 것을 가지고 가."

"컴퓨터와 핸드폰이 없으면 놀지를 못하잖아요."

"하하, 그런가?"

학위를 땄다곤 해도 이들은 아직까지 열세 살의 소년 소녀였다.

카미엘의 엄청난 두뇌를 물려받아 앞으로 대단한 마도학자 겸 물리학자, 공학자가 될 것이지만 아직까지 생각은 어리고 어렸다.

아린은 카미엘의 공간이동을 그다지 반기지 않는 이유에 대해서 설명하였다.

"차원을 넘어가도 전파 송신이 가능해요. 포털을 조금만 더 연구하면 안방에서 지구의 연속극을 볼 수 있다고요."

"그건 불가능해. 포털은 이제 파괴할 것이거든."

"어, 어째서요?"

"다시 한번 이런 침공이 일어난다면 인류는 또다시 시련을 겪어야 할 거야. 그러니 지금 포털을 없애는 편이 나아."

"그, 그럼 아침 연속극은?! 미니시리즈는?! 지금 한창 TV에서 낮도깨비가 한단 말이에요! 아아, 공철 씨!"

"…결국 연예인과 연속극 때문에 포털을 그렇게 연구한 것이었어?"

"할아버지에겐 별것 아니겠지만 우리에겐 중요해요. 언제 다시 잘생긴 배우와 아이돌을 볼 줄 알아요? 저에겐 TV가 유일한 낙이란 말이에요."

"아아, 저는 게임이요. 할아버지, 게임을 할 수 있도록 무선인 터넷만 연결시켜 주시면 안 될까요?"

카미엘은 고개를 가로저었다.

"이놈들……."

그는 이렇게까지 지구에 완벽히 적응한 아이들을 데리고 포털을 넘는 것이 과연 옳은 일인가에 대해서 생각해 보았다.

카미엘은 쌍둥이에게 이곳에 남는 것에 대해 물었다.

"이제 와서 묻는 것은 좀 늦었지만 말이다. 너희들, 이곳이 좋다면 굳이 할애비를 따라올 필요 없어."

"그게 무슨 말씀이에요? 저희들에게 고아로 자라나란 말씀이신가요?"

"나와 카트리나, 엘레니아, 리나는 원래 지구에서 살던 사람들이 아니야. 이곳 지구는 타향이란 소리지. 하지만 너희들은 지구가 고향 아니냐?"

"그렇게 치면 할아버지도 이곳에서 오래 사셨잖아요. 그럴 것이라면 이곳에서 그냥 살아요."

카미엘은 고개를 가로저었다.

"나는 사명이 있어. 세계수를 회복시키고 엘프족을 번영시켜 사라진 유페리우스를 재건하는 것이지. 그 사명을 완수하자면 지구에 남아 있을 수가 없어."

"…그렇지만 가족이 떨어지는 것은 안 돼요. 할아버지가 없는 지구에 있느니 그냥 게임을 안 하고 말죠."

"맞아요. 연속극을 포기할게요. 그편이 나을 것 같아요."

엘레니아는 카미엘에게 지구에 남는 방안에 대해 물었다.

"카미엘, 정말 우리가 지구를 떠나는 것이 맞는 것일까요?"

"우리는 우리의 땅을 찾아서 떠나야 합니다. 아쉽지만 어쩔 수 없어요. 이곳에선 우리 유페리우스의 미래를 찾을 수 없습니다. 차라리 새로운 유페리우스에서 적응해서 처음부터 다시 시작하는 편이 이 아이들에게도 좋습니다."

"그건 그렇지만……."

아린과 아델은 머리가 좋은 아이들이다.

"좋아요. 할아버지를 따라갈게요."

"저도요."

"정말 후회하지 않을 자신 있어?"

"없어요. 당연히 후회를 하겠죠. 하지만 후회를 해도 할아버지와 함께 가는 것이 좋아요."

"녀석들……."

"같이 가요. 저희들은 아무래도 좋으니까요."

카미엘은 쌍둥이의 머리를 쓰다듬었다.

"그래, 고맙구나. 이 할아비의 마음을 이해해 줘서 말이야."

"저희들을 키우느라 생고생을 하셨는데 이 정도도 못 하면 그게 사람인가요?"

"하하, 그렇게까지 생각해 주다니 정말로 고맙구나."

그의 곁에 있던 리나가 섭섭하다는 듯이 말했다.

"…나는 사람도 아니냐?"

"헤헤, 고모! 고모도 당연히 고맙지!"

"고모, 사랑해!"

"…마음에도 없는 소리!"

리나는 거의 매일 아이들을 돌봐온 사람이기 때문에 어쩌면 카미엘보다 애착이 더 강해졌을지도 모른다.

그녀는 아이들이 가는 곳이라면 지옥 끝까지라도 따라갈 것이다.

하지만 카미엘은 그녀에게 지구에 남을 것을 권하였다.

"리나, 이곳에 남아도 괜찮아. 네 나이면 이곳에서 충분히 시집갈 수 있을 거야."

"시끄러워. 일단 떠나자. 나도 유페리우스가 그리워."

"그래, 그렇다면 어쩔 수 없고."

이제 카미엘은 가족이 된 모두를 데리고 지구를 떠나기로 했다.

*　　　　　*　　　　　*

카미엘 일행은 거대한 바퀴가 달린 상륙함을 지원받아 포털을 넘기로 했다.

상륙함 안에는 전차, 장갑차, 헬기, 전투기, 전술궤도차량, 잠수함, 고속정, 공기부양정 등이 들어 있다.

군사 행위를 할 수 있는 거의 모든 시설이 갖춰져 있고 일행이 3년 동안 먹고 마실 수 있는 물자가 보충되어 있었다.

마을 사람들은 일렁이는 포털 앞에 선 카미엘을 바라보았다.

츠츠츠츠츠!

벌써 과부하가 시작된 포털은 그들이 이계로 떠나고 나면 무너져 흔적도 없이 사라질 것이다.

만약 붕괴가 실패한다면 인류가 그것을 해체하여 없애는 작업을 대신 해줄 것이다.

마을 사람들이 카미엘에게 손을 흔들었다.

"잘 가게!"

"모두 감사했습니다! 안녕히 계십시오!"

"잘 가요! 잘 살아야 해요!"

무려 13년의 세월 동안 함께 살아온 삼척 정라진 사람들은 카미엘이 떠나는 것을 못내 아쉬워하였다.

하지만 이곳에서 계속해서 살아갈 수 없는 카미엘을 붙잡을 수는 없었다.

"그럼 갑니다!"

카미엘은 상륙함을 타고 포털을 넘었다.

꿀렁!

그러자 과부하되어 있던 포털이 순식간에 꺼져 버렸다.

콰아아아아앙!

지구에선 그저 포털의 입구가 사라진 간단한 현상이었지만 포털 너머의 현장은 그야말로 아수라장이었다.

쿠우우웅, 콰아아앙!

온통 사방이 불바다였고 포털 내부에선 끝도 없는 폭발이 일어나 거의 전쟁터를 방불케 하였다.

쌍둥이가 리나의 손을 꼭 잡았다.

"고, 고모, 괜찮겠지?"

"물론이지. 이 정도로 사람이 죽지는 않아. 용기를 내."

이제는 제법 아이들을 키우는 티가 나는 그녀는 계속해서 쌍둥이를 다독이며 희망을 불어넣어 주었다.

카미엘은 미리 준비한 포털의 안정화 측정기를 꺼내 들었다.

상태: 아주 불안정함

예상 위치: 알 수 없음

예상 연대: 미상

시공간을 예측할 수 없다는 것은 그만큼 불안함을 떠안고 가야 한다는 말이나 다름없었다.

카미엘은 그런 불안함 속에서도 희망을 잃지 않았다.

"모두 함께 연구한 포털이다. 무너질 일은 없어."

"물론이죠."

잠시 후, 거짓말처럼 포털이 안정화로 돌아섰다.

상태: 아주 안정적임

예상 위치: 유트리나 계

예상 연대: 생성 후 551년

유트리나 계라는 차원이 과연 어디인지 알 수는 없었지만 포털이 안정적이라면 기대할 가치가 있었다.

포털과 포털이 연결된 곳은 유기물과 유기체가 살고 있으며 물과 땅이 있는 행성이 포진되어 있기 때문에 땅을 개척하는 것은 어렵지 않을 것이다.

다만 그곳에 어떤 원주민들이 살고 있느냐가 관건이었다.

지이이잉, 퍼엉!

잠시 후, 상륙함이 바다 위에 안착하였다.

쿠르르룽, 콰앙!

사방에서 풍랑이 일고 천둥번개가 치고 있었지만 이곳에 안전하게 도착했다는 것에 안심하는 카미엘이다.

"서, 성공이다!"

"와아아아! 할아버지, 대성공이에요!"

"그런데 이곳의 풍경이 조금 특이해요. 달이 네 개잖아요?"

카미엘은 이 풍경에 대해서 들어본 적이 있는 것 같았다.

"고대의 공간조력 마법사들이 아주 잠깐 공간이동 마법에 성공한 적이 있었대. 그때의 마법사들이 몬스터의 기원이 된 행성에서 살았다고 하더군. 그곳에 달이 네 개였다고 했어."

"그럼 이곳이 몬스터의 기원이 된 곳일 수도 있겠군요?"

"그런 셈이지."

과연 이곳이 어디인지 알아보자면 탐사는 필수다.

"풍랑이 잦아들면 탐사를 떠나보자고."

"그래요."

일행은 잠시 휴식을 취하기로 했다.

*   *   *

유트리나 계에 사는 몬스터는 유페리우스에 출몰하였던 몬스터의 원형이라고 할 수 있었다.

이곳에 있는 몬스터들은 서로를 잡아먹으며 자라나는데, 이 과정에서 개체가 강력해지는 진화를 거친다.

카미엘은 아직은 유약한 개체들이니만큼 이들을 제거하면 앞으로 유페리우스에 위해를 가할 수 없을 것이라고 생각하였다.

한마디로 이곳을 토벌하는 것이 유페리우스를 구하고 지구를 구하는 길인 셈이다.

그는 연대 측정을 통하여 앞으로 시간이 얼마나 남았는지 확

인해 보았다.

"앞으로 10년입니다. 10년 안에 몬스터를 토벌하기만 하면 아무런 문제가 되지 않을 겁니다."

"10년이면 시간이 널널하겠네요."

"일단 상륙함을 타고 다니면서 베이스캠프를 잡고 지형을 파악하도록 합시다."

"그래요."

엘레니아는 세계수를 심기에 가장 적합한 땅을 찾아 배를 정박시키고 베이스캠프를 펼치기로 하였다.

그녀는 땅의 정령들을 보내어 세계수가 자리 잡기 가장 적합한 토지를 찾아내도록 하였다.

스르르릉!

땅의 정령왕 에시드란이 정령들을 이끌고 망망대해를 넘어 대륙으로 향하였다.

대략 일주일 후, 에시드란은 세계수를 심기에 적합한 땅을 찾아서 돌아왔다.

—이곳에서 대략 한 달 정도 항해하면 거대한 수풀이 우거진 대륙이 있습니다. 그곳에는 몬스터들이 자생하고 있긴 하지만 그만큼 숲을 조성하기에 적합합니다. 사계절이 뚜렷하고 토양이 아주 좋기 때문에 농사를 짓기에도 그만일 것입니다.

"그래요, 고마워요."

그녀는 선장인 카미엘에게 그곳으로의 항해를 종용하였다.

"에시드란이 찾은 땅으로 항해하여 베이스캠프를 펼치기로 해요."

"그래요, 그럽시다."

지금 이 배에는 집 몇 채를 지을 정도의 건설 자재가 적재되어 있기 때문에 베이스캠프를 친다면 그곳에 아예 자리를 잡아도 될 것이다.

카미엘은 배를 몰아 에시드란이 말한 땅으로 향했다.

망망대해를 넘어 한 달간 항해한 카미엘은 약칭 '위드'에 도착하였다.

위드는 옛 엘프족 영웅의 이름인데, 그가 바로 유페리우스에서 가장 먼저 몬스터들을 찾아낸 장본인이었다.

만약 그가 없었다면 유페리우스는 훨씬 더 빨리 종말을 맞이했을 것이다.

위드 대륙에 도착하니 대략 150㎞에 걸쳐 길고 넓은 해안이 펼쳐져 있고 그곳은 전부 기암절벽으로부터 시작되었다.

기암절벽 너머에는 우거진 수풀이 자리 잡고 있으며 그 수풀에는 각종 몬스터가 자생하고 서로를 잡아먹으며 경쟁하고 있었다.

어차피 몬스터들을 토벌해야 한다면 이곳에 베이스캠프를 치는 것이 가장 좋을지도 모른다.

카미엘은 기암절벽에 배를 정박시키고 절벽을 파내어 선착장을 만들었다.

쿠웅, 콰앙!

절벽에 구멍을 뚫고 그곳으로 향하는 길목을 다져 언덕을 만들었다. 이렇게 하면 배가 풍랑에 떠밀려 내려가는 일이 없을 것이다.

카미엘이 뚫은 동굴에서 내린 일행은 우선 전술용 장갑차를 타고 숲으로 향했다.

부르르릉!

지구에서 가지고 온 장비는 전부 몬스터 코어를 가공하여 만든 엔진을 사용하기 때문에 물만 있으면 연료가 전혀 필요 없었다.

때문에 연료 걱정 없이 망망대해를 떠돌다가 이곳까지 올 수 있던 것이다.

카미엘은 선착장에서 최대한 가까운 곳에 집터를 잡고 그 둘레에 울타리를 칠 것을 제안하였다.

"주변을 살펴보니 전부 나무밖에 없습니다. 이곳에 넓게 울타리를 치고 세계수를 중심으로 베이스캠프를 펼치면 될 것 같습니다."

"그래요. 그럼 그렇게 해요."

그는 전방 5km를 커버하는 울타리를 치고 묘목에서부터 자라날 세계수를 심기로 했다.

카미엘은 10년 동안 새로운 땅을 개척하는 데 필요한 마도 기계들을 대량으로 만들어두었다.

"소환!"

그가 소환마법을 펼치자 아공간에서 건설 기계들이 우르르 쏟아져 나왔다.

굴삭기부터 덤프트럭, 예초기, 벌목기기 등등, 공사와 채굴, 채석 등에 쓰일 장비가 대략 150기 정도 소환되었다.

이제 그들은 카미엘의 명령에 따라서 신속하게 움직이며 전초기지가 될 곳을 개발하게 될 것이다.

가장 먼저 카미엘은 나무를 심고 집을 지을 곳을 평평하게 다지고 필요 없는 잡목과 잡초들을 베어내기로 했다.

그그그그!

불도저 로봇이 5km에 달하는 땅을 개간하여 집을 짓고 공장 등을 세우기 좋게 만들어놓았다.

카미엘은 그곳에 바닥 설비를 올리고 코어 발전기에서 전력을 끌어다 쓸 수 있도록 전기 설비를 시작하기로 하였다.

지이이이잉!

마나 코어를 이용하여 용접하는 용접 기계들이 바쁘게 움직이며 철근을 꼬아 집터를 잡고 콘크리트 생성 로봇들이 그 위에 거푸집을 만들고 콘크리트를 부어 뼈대를 완성하였다.

불과 하루 만에 이뤄진 공사지만 제법 그럴싸한 집터가 만들어졌다.

"으음, 이제 내부 설비만 갖추면 끝입니다. 내, 외부 인테리어는 여자들이 알아서 해주시기 바랍니다. 저는 아이들을 데리고 경작할 땅을 알아보고 그곳을 개발하겠습니다."

"그래주세요."

카미엘은 전술용 장갑차를 타고 인근 농지를 개간하기 위해 떠났다.

제4장

새로운 땅을
개척하다

　베이스캠프가 될 부지에서 대략 4㎞ 남짓 떨어진 곳에는 농사를 짓기에 아주 좋은 황토가 즐비해 있었다.

　이미 그곳에는 사람이 먹을 수 있는 과실나무들이 자리를 잡고 있었고, 곳곳에 보리와 벼가 자라고 있었다.

　비가 와서 물이 고인 곳에는 벼가 자라고 단단한 땅에는 보리가 자라 당장 씨를 수확하여 농사를 짓는다면 아주 안성맞춤일 것으로 보였다.

　카미엘은 이곳에 농경창고를 짓고 농사에 사용될 모종을 키우는 유리 온실을 짓기로 했다.

유리 온실은 티타늄 합금으로 된 유리에 몬스터 코어를 도금한 특수한 재질로 만들어질 것인데, 이는 단열작용이 좋고 내구성이 좋아 포격에 맞아도 끄떡없었다.

이 모든 작업을 하는 것은 물론 마도 기계들이다.

치지지지직.

유리를 옮기고 뼈대를 잡는 등 건설에 필요한 모든 행위가 로봇을 통하여 이뤄졌다.

카미엘은 건설이 진행되는 동안 농사에 쓰일 모종 주머니를 꺼내 풀어놓았다.

지구에서 가지고 온 씨앗들은 앞으로 이곳에서 몬스터 코어로 만들어진 거름을 통하여 훌륭한 농작물로 자라나게 될 것이다.

그는 지구에서 연구한 농사법대로 경작하고 수확하여 일행을 먹이는 가장의 역할을 자처하였다.

건설로봇들이 바쁘게 움직이고 있는 가운데 아델이 카미엘에게 물었다.

"그런데 할아버지, 우리는 농사만 짓나요?"

"아니. 어업도 같이할 거야. 다만 저 물고기들을 우리가 먹을 수 있다는 가정하에 말이지."

"그럼 이곳에서 양식을 해도 괜찮겠네요?"

"으음, 그렇긴 하지만 양식에 사용할 종자들은 어디서 구하게? 씨앗은 가지고 왔지만 종자는 구하지 못했는데."

"그건 탐사를 통해서 구하면 되죠."

"하긴, 그건 그렇구나."

"어차피 세계 곳곳을 탐사할 것인데 그때마다 잠수함을 타고 돌아다니면서 지구에서 본 먹을거리들을 찾아서 가지고 온다면 충분히 양식을 할 수 있지 않을까요?"

"맞아. 그건 너희들의 생각이 맞구나."

"신난다! 그럼 이제 곧 항해를 시작할 수 있는 건가요?!"

"아니, 아직. 이곳의 기반을 모두 갖추면 출발할 거야."

"그게 언젠데요?"

"대략 두 달?"

"으음, 기계들이 조금 더 빨리 일을 했으면 좋겠어요."

"지금보다 더 빨리 일하면 기계들이 과부하에 걸려서 시름시름 앓고 말 거야."

"알겠어요. 그럼 이곳에서 탐구 활동을 하면서 지내기로 할게요."

"그렇게 하려무나."

어린 나이라서 그런지 아린과 아델은 호기심이 왕성하였고, 자신들이 쌓은 지식들을 사용하고 싶어 몸이 근질거리는 모양이다.

카미엘은 아이들의 이런 호기심과 기술에 대한 관심이 추후 인류를 발전시킬 것이라고 믿어 의심치 않았다.

*   *   *

카미엘이 만들어놓은 건설로봇들 덕분에 집을 짓고 농지를 개간하는 데 단 일주일밖에 걸리지 않았다.

그는 이제 집과 농지 주변에 높고 단단한 장벽을 치기로 했다.

단순한 울타리로는 혹시 모를 몬스터의 파상 공세에 제대로 대처할 수 없다고 판단한 것이다.

앞으로 탐사를 다녀오는 동안 몬스터가 기지를 점령하면 곤란하기 때문에 그는 최대한 섬세하게 울타리를 만들었다.

그는 인근 암석지대에서 석회석을 채취하고 시멘트를 만드는 데 필요한 규소 등을 채굴하여 콘크리트를 추가로 확보하였다.

하지만 문제는 골조를 짤 철근이 모자란다는 것이다.

이 문제를 해결할 수 있는 사람은 다름 아닌 엘프족 여왕 엘레니아였다.

그녀는 콘크리트와 한 몸이 될 수 있는 정령수를 심고 그것이 콘크리트 담장을 감싸 뿌리를 박도록 하였다.

정령수의 단단함은 오히려 철근보다 더 훌륭하기 때문에 장벽을 쌓는 데 훨씬 더 수월할 것이다.

카미엘은 정령수들이 자리 잡은 담벼락에 자동화 사격 장치와 적외선센서를 설치하고 공중비행로봇과 정찰로봇을 24시간 운행하여 방어 체계를 구축하였다.

5km의 울타리에 설치된 공격로봇만 무려 150기가 넘었고, 여차하면 곧장 정령수들이 공격에 가담하게 될 것이다.

이 정도의 방어력이라면 일전에 지구에서 벌어진 몬스터 사태도 능히 막아낼 정도이다.

이제 카미엘은 본격적인 기반시설 구축에 들어가기로 했다.

그는 앞으로 몬스터 토벌에 쓰일 군수품 공장과 물자 생산 시설, 그리고 농수산물 가공 시설들을 구축하여 작은 도시를 세울 생각이다.

로봇들이 농사를 짓고 채굴, 채석 활동을 해오면 공장에 있던 생산로봇들이 그것을 받아서 가공하고 카미엘이 지정한 물건으로 만들어놓는다.

이런 체계가 갖추어지기만 하면 앞으로 얼마든지 군수품과 식품을 생산해 낼 수 있을 것이다.

모르긴 몰라도 카미엘이 떠나기로 한 두 달이 지나고 나면 그동안 일용할 탐사 양식 정도는 충분히 만들고도 남을 것이다.

뚝딱, 뚝딱!

카미엘이 만들어둔 건설로봇들이 부품화되어 있는 공장의 생산 시설들을 조립하고 있다.

집을 모두 지은 건설로봇들이 이제 공장을 짓고 있으니 아마 저들이 공장을 다 만들고 나면 생산 라인을 갖추기 위한 설비들도 완성될 것이다.

카미엘이 이렇게 기반 시설 확충에 매달리고 있을 무렵, 엘레니아는 세계수를 심고 그를 돌보는 데 전력을 기울이고 있었다.

세계수는 이제 키가 작은 묘목의 모습이지만 앞으로 두 달 후엔 아름드리나무로 자라날 것이다.

대략 1년이면 성목이 되고, 2년 후엔 전방 10㎞를 커버하는 거대한 나무로 성장하고, 5년이 지나면 나라 하나를 세울 정도의 크기가 될 것이다.

그녀는 그때를 위해서 거름을 주고 가지치기를 해주면서 정성껏 세계수를 돌보았다.

그런 그녀와 함께하는 이는 아린이었다.

"할머니, 마실 것 좀 드세요."

"고맙구나."

쌍둥이는 어려서부터 리나의 보살핌을 받아왔지만 엘레니아의 음식을 먹고 그녀가 차린 살림에 적응하면서 자라왔다.

카미엘이 그녀와 결혼식을 올리고 부부가 되면서 정식 할머니가 되었기 때문이다.

아린은 특히나 엘레니아와의 정이 돈독하였다.

"할머니, 이 나무가 자라면 우리가 이끌 나라를 세우는 건가요?"

"그래. 이 나무에서 엘프들이 태어날 것이고, 그 엘프들이 장성하게 되면 너희들이 그들을 이끌어주어야 해. 그러니 앞으로 이 세계수와 친하게 지내렴."

"세계수는 나무인데 어떻게 친하게 지내요?"

"거름을 주고 물을 주면서 정성껏 나무를 돌보면 언젠가는 나무가 아린이의 정성을 알아줄 날이 올 거야. 그땐 나무 주변에 있는 정령들이 아린이를 따르게 되겠지. 그럼 엘프족을 이끌 수 있는 재목이 되는 거지."

"그렇군요. 앞으로 열심히 나무를 돌봐야겠어요."

"그래. 언젠간 너희들이 이 할머니를 대신해서 엘프족을 훌륭히 이끌어주리라고 믿어."

"반드시 그렇게 되도록 노력할게요."

"후후, 고맙구나."

엘레니아는 아린에게 모종삽과 몬스터 코어로 된 거름통을 건넸다.

"그럼 이제 아린이가 한번 거름을 줘볼래?"

"그래도 될까요?"

"물론이지. 이젠 묘목이 나보다는 아린이를 따르기를 바라. 이 할머니는 그럼 더 바랄 것이 없겠어."

"알겠어요."

아린은 정성스럽게 거름을 주고 나무에 기어 다니는 기생충 등을 잡아주며 정성을 쏟았다.

불과 한 시간쯤 지났지만 나무가 가지를 움직여 아린의 얼굴을 쓰다듬었다.

스르르륵.

"어, 어어?"

"세계수도 아린이가 마음에 든 모양이구나. 교감을 시도하는 거야."

아린은 세계수의 가지를 잡고 이파리를 쓰다듬어 주었다.

촤르르르릉!

세계수는 사방으로 정령의 정수를 뿜어내며 기쁨을 표하였다.

아린은 덩달아 기분이 좋아졌다.

"좋아하는 건가요?"

"응, 기뻐하는 거야. 이제는 아린이가 묘목을 돌봐주어야겠구나. 이 할머니는 정령수들을 키우는 일에 몰두할게."

"알겠어요."

아린은 카미엘에게 부탁하여 이곳에 오두막을 지어 하루에 몇 번씩이고 찾아올 요량이다.

　　　　　*　　　　　*　　　　　*

　아린이 엘레니아를 따라다니면서 엘프족을 이끌 재목으로
성장하고 있을 무렵, 카미엘은 아델을 자신의 후계자로 키워내
고 있었다.

　그는 몬스터 코어로 만들어지는 마도 기계의 설계와 그것을
원활하게 만드는 마나 회로에 대한 이론을 아델에게 전수하고
있다.

　끼릭, 끼릭.

　아델이 처음으로 만든 로봇은 자폭로봇이었다.

　크기 15㎝의 로봇이 무한 궤도 장치를 이용하여 걸어가다가
작은 폭발을 일으켰다.

　콰앙!

　카미엘은 아델에게 문제점을 지적해 주었다.

　"운용과 폭발은 자폭로봇에게 가장 중요한 부분이다. 그런데
지금과 같은 경우엔 컨트롤이 제대로 이뤄지지 않았어. 이런 경
우엔 수신 체계에 문제가 있는 거야."

　"그럼 회로를 손봐서 다시 만들어야 하나요?"

　"아니, 약간 수정만 하면 될 것 같아. 명심해. 로봇을 운용하
는 것은 집중력이야. 집중력이 흐트러지면 전투를 치를 수 없단
다."

"네, 할아버지."

카미엘은 아델에게 자신의 영혼 통제장치를 건네주었다.

통제장치 안에는 지금까지 카미엘에 모아놓은 영혼석 600개가 잠들어 있었다.

"몬스터의 왕 발록과 그에 버금가는 녀석들이란다. 이것을 가지고 있다면 네가 언젠가는 이곳을 지켜낼 힘을 갖게 될 거야."

"하지만 발록이 제 말을 들을까요?"

"듣도록 만들어야지. 그게 이 할아버지가 내주는 첫 번째 숙제란다."

"…꽤 어렵겠는데요?"

"이 세상에 쉬운 일은 없어. 특히나 힘을 얻자면 그에 상응하는 책임감과 무게를 가져야 해. 명심해. 힘을 휘두르는 것은 오로지 냉철한 판단과 이성적인 의지에 의해서 실행되어야 해. 그런 것들을 갖게 되자면 시간이 걸릴 것이고, 그때쯤이면 발록 저놈도 네 말을 듣게 되겠지."

아델은 카미엘의 통제장치를 넘겨받으면서 그의 능력에 대해 물었다.

"그나저나 이것을 주시면 할아버지는 앞으로 어떻게 되는 건가요?"

"나는 미계마도학이 있으니 굳이 발록의 도움이 필요 없어. 그리고 이곳에서 잡아들일 새로운 몬스터들을 새로운 통제장치에 가두면 되니 걱정할 필요 없단다."

"하긴, 그건 그러네요. 제가 뭘 걱정한 거죠?"

카미엘은 이제 군이 영혼 통제장치의 도움이 없어도 행성 하나를 멸망시킬 정도의 힘을 가지고 있었다.

그런 그가 후계자를 제대로 키워내기만 한다면 앞으로 마도학은 보다 더 발전하여 완벽한 학문으로 거듭나게 될 것이다.

카미엘은 아델에게 두꺼운 책을 건네주었다.

쿠웅!

"내가 마법학교에 들어가서 처음으로 배운 학문이란다. 넌 나보다 자질이 뛰어나니 학문을 탐독하는 데 문제가 없을 거야."

"열심히 해볼게요."

카미엘은 과연 아델이 얼마나 성장할지 기대를 가져본다.

*   *   *

공사를 시작한 지 두 달이 지났다.

이제 베이스캠프가 제대로 된 구색을 갖추었고, 스스로 물자를 생산하고 식량을 거두어들일 수 있게 되었다.

카미엘은 상륙함을 이끌고 해안선을 따라 항해하기로 했다.

쏴아아아!

다소 차가운 바람이 불어와 갑판을 스치고 지나갔다.

카미엘은 해안선을 따라 이동하면서 지도를 만드는 중이다.

앞으로 엘프족이 번성하여 살아가게 된다면 지도는 반드시 필요할 것이기 때문이다.

끼릭, 끼릭.

그의 바로 옆에서 지도를 그리고 있는 로봇을 바라보며 아델이 물었다.

"이 로봇은 도대체 무엇을 보고 그림을 그리고 있는 건가요?"

"이 녀석은 레이더를 이용하여 지형을 파악하고 있는 거야. 이곳에서 레이더를 돌려서 되돌아오는 전파의 모양을 그림으로 그려내는 것이지."

"으음, 그래서 이렇게 똑같이 그림을 그릴 수 있는 것이군요?"

"지도를 제작하자면 꽤 정밀한 기술이 필요해. 측량 기술은 물론이고 지형지물을 선으로 변환시킬 기술도 필요하지. 때문에 지도를 그리는 데 로봇이 반드시 필요한 거야."

"그렇군요."

카미엘이 한참 배를 몰고 가고 있는 가운데 저 멀리에서부터 진동이 일어났다.

스스스스스!

아델이 상기된 표정으로 외쳤다.

"…몬스터?!"

"아니야. 몬스터는 아닌 것 같아."

"하지만 잠잠하던 바다가 이렇게 심하게 흔들리는데요?"

카미엘은 바다를 쥐고 흔드는 이 존재에 대해서 설명해 주었다.

"고래다."

"고래요?"

"바다의 영물이라고 부르는 녀석이지. 몸집이 거대해서 수면 위로 올라와 숨을 쉴 때엔 이런 진동이 일어나기도 해."

"아아!"

아델은 삼척에서 자라긴 했지만 고래를 직접 눈으로 본 적이 없고 그보다 더 거대한 몬스터 역시 눈으로 직접 본 적이 없었다.

때문에 자신의 앞을 가로막은 저 거대한 녀석이 괴물인지 동물인지 구분할 수 없던 것이다.

카미엘은 고속정을 꺼내어 바다에 띄우기로 했다.

"가까이 가보자."

"저, 저렇게 큰 녀석인데 우리를 해치지 않을까요?"

"괜찮아."

그는 손자를 데리고 고래가 있는 곳 가까이 다가갔다.

끼이이이잉!

카미엘이 가까이 다가오자 고래가 거대한 지느러미를 흔들었다.

좌락!

그 탓에 고속정이 흔들리긴 했지만 배가 뒤집어지는 않았다.

카미엘은 녀석의 종이 무엇인지 파악해 보았다.

"흰수염고래구나."

"저게 바로 흰수염고래군요."

"고래 중에서 가장 큰 녀석이지. 하지만 성격이 온순해서 우리가 자신을 해친다는 생각이 들지 않는 한 공격하지는 않을 거야."

"그렇군요."

카미엘과 아델이 조금 더 가까이 다가가자 고래가 수면 위로 슬그머니 올라왔다.

푸욱, 푸욱.

숨구멍으로 물보라를 일으키며 선 고래는 거대한 눈동자로 아델을 바라보았다.

꾸우우!

"뭐라고 하는 것 같은데요?"

"고래는 머리가 좋아. 인간을 처음 보았으니 신기해서 관심을 갖는 것이겠지."

"아아, 그렇겠군요. 이곳에는 거의 대부분 몬스터밖에 없다고 했으니까요."

"만약 이곳에 인류가 번성했다면 우리 유페리우스 계가 멸망하는 일은 없었을 거야. 하지만 반대로 인류가 번성하지 않았기 때문에 이런 고래들이 마음 놓고 돌아다닐 수 있겠지."

"어떤 방식으로든 순기능과 역기능이 있군요."

"그게 세상의 이치니까."

흰수염고래는 이제 다시 자신의 갈 길을 가겠노라 발걸음을 재촉하였다.

푸욱!

물보라를 한차례 일으킨 흰수염고래는 다시 수면 아래로 내려가 헤엄을 치기 시작했다.

흰수염고래가 떠나고 나자 그 자리를 돌고래 무리가 채웠다.

촤락, 촤락!

대략 50마리의 돌고래가 달려와 아델의 머리 옆을 스치며 날았다.

"오오!"

"돌고래구나."

돌고래들은 배 근처로 다가와 헤엄을 치면서 아델에게 물을 뿌리며 장난을 쳤다.

찌익!

"으윽!"

"하하, 돌고래가 장난치는 거야."

"…이놈!"

아델은 그대로 바다로 뛰어들었다.

첨벙!

그가 바다로 들어가자 돌고래들이 모여들어 관심을 보이며 함께 헤엄을 쳤다.

카미엘은 도전적이고 진취적인 아델의 성향이 참으로 마음에 들었다.

아주 어릴 때의 아델은 말수가 적고 성격이 소심해서 앞으로 그가 커서 과연 어떤 인물이 될까 많이 걱정한 카미엘이지만 아델은 그 걱정과는 다르게도 아주 반듯하게 자라났다.

이제는 오히려 카미엘을 보채서 이렇게 탐험을 떠날 정도가 되었다.

앞으로 이런 왕성한 호기심과 진취적인 성향이 그를 발전시키고 더 나아가선 인류를 발전시키게 될 것이다.

카미엘은 아델이 돌고래 무리와 함께 어울려 놀도록 내버려 두었다.

*　　　*　　　*

해안선을 따라서 이동한 지 어언 두 달째, 카미엘은 이곳이 동북아시아와 얼추 크기가 비슷하다는 것을 알 수 있었다.

이곳 대륙에서 서쪽으로 계속해 이동하면 또 다른 대륙이 있고 북쪽으로 올라가면 그 역시 또 다른 대륙이 나올 것으로 예상되었다.

"으음, 대륙이 한두 개가 아닌 것 같아. 이 모든 대륙을 토벌한다는 것은 결코 쉽지 않겠어."

"그럼 어떻게 해야 하나요?"

"일단 이곳 대륙을 깔끔하게 정리한 후에 곳곳에 전초기지를 세우고 앞으로 나아가야 할 방향을 정해야지."

"전초기지라……. 이 드넓은 대륙을 우리가 정복하는 건가요?"

"정복이라기보다는 정리를 하는 것이지."

"하지만 몬스터도 생물인데 정리라는 표현보다는 정복이라는 표현이 맞을 것 같은데요?"

"하하, 그래, 그건 그렇구나."

카미엘은 일단 대륙의 동쪽에 배를 정박시키고 첫 번째 전초기지를 세우기로 했다.

그는 기간틱 하이가드를 소환하여 전초기지가 될 구역을 수색하도록 하였다.

위이잉, 쿠웅!

크기 200미터의 엄청난 위용을 자랑하는 로봇이 걸어 나가자 땅이 흔들려 마치 천재지변이 일어난 것 같았다.

기간틱 하이가드의 등장에 주변에 가득 차 있던 몬스터 무리가 우르르 달려 나왔다.

키헤에에에엑!

"가우스트 물뱀? 으음, 그놈들의 원형인가?"

"가우스트 물뱀이라면 저것보단 더 크지 않나요?"

"그래, 아직 진화가 이뤄지기 전으로 보이는구나. 저놈들이 앞으로 성장하면 가공할 위력을 지닌 몬스터가 되겠지."

카미엘의 앞에 나타난 무리는 대략 5천 마리의 원형 가우스트 물뱀이었는데, 촉수와 독성 물질을 내포하지 않아 그저 육탄 전으로 상대를 제압하는 것으로 보였다.

놈들이 기간틱 하이가드에게 달라붙어 앞발을 마구 휘둘렀다.

깡, 깡, 깡!

당연한 소리겠지만 놈들은 기간틱 하이가드의 몸에 흠집 하나 낼 수 없는 작은 몬스터들이었다.

카미엘은 이놈들을 단 한 방에 정리해 버리기로 했다.

"죽여라."

위이이이잉!

기간틱 하이가드가 전자충격파를 생성하여 근방 10㎞를 불태워 버렸다.

촤라라라락!

생물이란 생물은 전부 다 죽어버렸고 그곳에 남은 것은 아주 작은 코어뿐이었다.

카미엘은 수집로봇을 통하여 코어를 모두 수집하여 아델에게 건넸다.

"앞으론 이것을 이용하여 네가 직접 마도학을 연구해 보아라."

"…이건 생명을 빼앗아 만든 것 아닌가요?"

"그래, 생명을 빼앗아 만든 것이지."

"저들은 잘못이 없는데……."

"앞으로 잘못을 하게 될 거야. 네가 지구의 학교에서 배운 그 엄청난 재앙들을 기억하느냐?"

"네."

"그보다 몇 배는 더 참혹한 전장이 펼쳐질 거야. 이들을 가만히 내버려 둔다면 또다시 희생자들이 발생하겠지."

"으음……."

"우리는 그 희생을 막기 위해 이들을 없애는 것이란다. 우리가 한 종족을 없애는 것이 그릇된 행동일 수도 있겠지만 우리의 종족을 위해선 어쩔 수 없어. 우리는 우리와 지구, 이 두 차원의 종족 모두를 구하는 거야. 이보다 더 좋은 선택은 있을 수가 없지."

"그렇군요."

"명심하여라. 이놈들을 죽일 때 죄책감이 들 수도 있어. 하

지만 네가 망설임으로 인해 보다 더 많은 사람이 죽을 수 있단
다.”

“앞으로 반드시 명심할게요.”

“그래, 착하구나.”

카미엘은 계속해서 기간틱 하이가드와 함께 전진하였다.

*　　　　*　　　　*

동부 지역에서 대략 보름간 상륙함을 타고 이동한 카미엘은
대륙의 동서가 중국보다 더 넓다는 것을 알 수 있었다.

그는 마나 코어로 이뤄진 동력장치를 탑재한 소형 위성을 띄
워 주변을 살피도록 했는데, 아직 절반도 못 미치는 거리를 이
동했다는 것을 알 수 있었다.

꽤나 빠른 속도로 이동하고 있다고 생각하였지만 이곳 대륙
은 그보다 훨씬 더 넓고 광활한 대지를 가지고 있는 것이다.

그는 대륙의 중앙 지역으로 생각되는 곳에 멈추어 잠시 휴식
을 취하기로 했다.

“잠시 쉬었다가 가자꾸나.”

“네.”

카미엘은 베이스캠프에서 가지고 온 곡식과 말린 해산물을
이용하여 밥을 지었다.

칙칙칙칙!

한국에서 자라난 아델은 입맛이 완전한 한국인이라서 매콤하고 시원한 국물이 있는 음식을 선호하였다.

카미엘은 그에게 따뜻한 밥과 생선탕을 끓여줄 생각이다.

탁탁탁!

청양고추, 무, 콩나물, 대파, 마늘, 고춧가루 등을 이용하여 조미를 하고 바다에서 갓 잡아 말린 대구를 넣어 푹 끓이니 제대로 된 대구탕이 완성된다.

카미엘은 여기에 애호박, 두부 등을 넣어 건져 먹을 거리까지 갖추어주었다.

"자, 먹자꾸나."

"잘 먹겠습니다!"

아델이 거대한 대접에 밥을 한가득 담아서 먹는 동안 카미엘은 냉장고에서 직접 만든 소주를 꺼내어 마셨다.

꿀꺽!

"크흐, 좋다!"

"할아버지, 매번 그렇게 소주를 마시는 것 같아요. 소주가 몸에 좋은가요?"

"원래는 좋지 않지. 하지만 이 할아버지에겐 영향을 끼치지 않아."

"으음, 그렇군요."

언젠가부터 카미엘은 반주를 하기 시작하였다.

워낙 술을 좋아하는 카미엘이었지만 이따금 반주를 하거나 평소 술병을 가지고 다니면서 마신 적은 거의 없었다.

한국에서 살아온 세월 동안 그는 그 문화에 맞도록 나이를 먹은 것이다.

카미엘은 소주 한 병을 다 마시곤 이내 깔끔하게 술잔을 엎었다.

"후우, 좋군."

"할아버지, 저는 언제나 술을 마실 수 있을까요?"

"술? 술이 마시고 싶으냐?"

"그냥 좀 궁금해요."

"하하, 그래, 유페리우스에선 15세가 되면 성인으로 치니 나도 네 나이 때엔 술을 마신 것 같아."

"그럼 저도 마실 수 있는 건가요?"

카미엘은 어색한 미소를 지었다.

"네 할머니에게 얻어맞을 것 같아서 그건 좀……."

"왜요?"

"술은 20살이 넘어 마셔야 한다는 생각을 가지고 있거든. 더군다나 리나도 네가 일찌감치 술을 마신다면 길길이 날뛰면서 나를 죽이겠다고 난리칠 거야."

"고모와 할머니가 그렇다면 마시지 않을게요."

"잘 생각했다."

자식 교육에 대해선 엄격한 엘레니아가 아델의 음주를 허락할 리가 없다.

카미엘은 아쉽지만 손자와의 대작은 다음으로 미루기로 했다.

"자, 그럼 다시 출발해 볼까?"

"할아버지, 술 냄새가 나는데 괜찮을까요?"

"괜찮아. 만약 필요한 때가 온다면 스스로 알코올을 분해하여 술에서 깨어나면 되거든."

"그렇군요."

카미엘은 계속해서 배를 몰아 서부 지역으로 향했다.

*   *   *

대륙의 서부 지역에 도착할 때쯤엔 카미엘이 죽인 몬스터의 숫자가 무려 200만에 달했다.

때와 장소를 가리지 않고 서식하고 있는 몬스터들이 카미엘 일행을 알아서 공격했기에 기간틱 하이가드는 조금씩 더 강력해지고 있었다.

대략 석 달쯤 되는 기간이 지나자 카미엘은 대륙의 동서를 관통하여 반대편 해안에 도착할 수 있었다.

쏴아아아아!

끼룩끼룩!

아델은 서부 해안의 모양을 보자마자 함박웃음을 지었다.

"와아, 삼척의 앞바다와 비슷해요!"

"그래, 딱 삼척의 앞바다와 비슷하구나. 모래사장도 있고 갯바위도 있고 말이야."

"무엇보다 바다가 너무 맑아요! 이런 모습 참으로 오랜만에 보는 것 같네요."

"그러게 말이다."

아델은 박사 학위까지 따낸 아이지만 가슴은 아직 여물지 않은 어린 소년이었다.

그는 해안가에 도착하자마자 윗옷부터 벗어 던졌다.

휘릭!

"아싸! 바다다! 할아버지, 수영 좀 할게요!"

"그래. 너무 멀리 가지는 말거라."

"네!"

카미엘은 아델의 모습이 잘 보이는 곳에 배를 정박시키고 소주를 한잔 마시기로 했다.

끼릭.

지구에서의 질감을 그대로 살린 소주병은 카미엘이 가장 애용하는 것 중의 하나였다.

그는 삼척과 비슷한 이곳의 풍경을 바라보며 만족스럽게 웃었다.

"그래, 전초기지를 하나 더 세운다면 이곳이 좋겠군."

엘레니아가 세계수를 키우고 있는 그곳은 앞으로 1년 후엔 엘프들이 태어나 성장하여 자리를 잡게 될 것이다.

아린이 조금 더 성장하여 20세가 된다면 카미엘은 그곳을 아린에게 맡겨두고 자신은 이곳에 기지를 세워 엘레니아와 함께 유유자적한 삶을 보내고 싶었다.

물론 아델이 스스로 대륙을 정벌할 수 있는 능력을 갖추게 되었을 때의 얘기지만 말이다.

상륙함 갑판 위에 올라 소주를 마시던 카미엘은 일순 진동을 느꼈다.

쿠웅, 쿠웅!

그는 재빨리 배 아래의 아델을 찾았다.

"아델! 어서 돌아오너라!"

"네!"

파밧!

이제 신체 능력이 비약적으로 상승한 아델은 폴짝 뛰어 단숨에 상륙함 위로 올라왔다.

그는 공중을 부유하고 있는 소형 위성을 이용하여 상황을 살폈다.

잠시 후, 카미엘의 눈에 거대한 괴수의 모습이 보였다.

쿠오오오오오!

불길에 휩싸여 사방을 불바다로 만들고 있는 저 몬스터의 모습, 카미엘은 어디선가 많이 본 듯했다.

"발록?"

"발록이라니요? 발록은 한참 후에 만들어진 몬스터 아닌가요?"

"아무래도 저게 발록의 원형인 것 같아."

아델은 통제기 안에 있는 발록을 깨웠다.

"이봐, 발록."

—무슨 일이냐, 꼬맹이?

"네 원형이 이곳에 있는 것 같아."

—원형?

"그것을 기억할 수 있겠어?"

발록은 고개를 저었다.

—나도 나의 원형은 알 수가 없다. 진화된 누군가가 나를 낳았고 전투를 통해 생전의 내 모습이 되었기 때문이다. 다른 몬스터들 역시 마찬가지지.

"으음, 그렇군."

—나의 원형이라……. 이곳에서 조상을 만나게 될 줄은 꿈에도 몰랐군그래.

발록의 조상은 보이는 모든 것을 불태우고 있었기에 차라리 조금 더 두고 보았다가 놈을 잡는 편이 나을 것 같았다.

카미엘은 이곳에서 가만히 그를 지켜보기로 했다.

하지만 바로 그때, 발록의 조상에게로 섬광이 번쩍 떨어져 내렸다.

쿠르르룽, 콰앙!

크아아아앙!

놈의 머리 위로 떨어져 내린 존재는 바로 광마 아스트리아였다.

"아주 별들의 전쟁이 따로 없군."

"할아버지, 저 둘을 가만히 내버려 두어도 괜찮을까요?"

"어차피 둘 중에 한 놈만 살아남을 것이고, 저놈들이 주변을 정리하면 우리야 편하니까 좋지."

"그렇군요."

카미엘과 아델은 잠시 이곳에서 놈들의 싸움을 구경하기로 했다.

제5장

행복을 찾아서

발록의 조상과 아스트리아의 조상이 싸운 지 어언 삼 일, 주변의 몬스터들은 물론이거니와 무려 400km 떨어진 곳에 있던 몬스터들까지 죄다 사살되었다.

　두 마리의 몬스터가 싸우는 동안 그들을 잡아먹기 위해 또 다른 몬스터들이 모여들었고, 둘은 그들을 상대하고 잡아먹으면서 점점 더 강해졌다.

　이제 이곳 중앙 지역에는 몬스터가 남아나지 않게 되어버린 것이다.

　카미엘은 위성을 통하여 중앙 지역의 생명 반응을 측정해 보았다.

생명 반응: 총 2개

"좋아, 알아서 토벌되었군그래."

"이제 저놈들만 잡으면 되는 건가요?"

"그런 셈이지."

그는 저 둘을 잡아서 영혼석을 제조하기로 했다.

앞으로 전초기지를 세우면 그곳을 관리할 중앙 제어 시스템이 필요한데, 그 원동력으로 발록과 아스트리아의 조상을 사용하기로 한 것이다.

카미엘은 기간틱 하이가드를 소환하였다.

우우우웅, 쿠웅!

발록의 조상보다 족히 열 배는 더 큰 로봇이 등장하자 두 마리의 몬스터는 당혹감을 감추지 못했다.

끼, 끼에에에?

"한 방에 보내 버리자."

카미엘은 기간틱 하이가드에게 길이 210미터의 거대한 창을 소환해 주었다.

스스스스, 팟!

쿠웅!

거대한 창이 기간틱 하이가드에게 쥐어지자 몬스터들이 합심하여 카미엘을 공격하기 시작했다.

쿠오오오오!

캬하아아악!

하지만 기간틱 하이가드의 창은 놈들의 공격이 닿기도 전에 그들을 불태워 버렸다.

화르르르륵, 콰앙!

헬파이어 마법을 비롯하여 9클레스 마법 50개가 내장된 기간틱 하이가드의 무기는 두 마리의 몬스터를 아주 손쉽게 죽여 버렸다.

끄웨에에엑!

카미엘은 잿더미로 변해 버린 두 마리의 몬스터를 영혼석으로 만들었다.

끼이이이이잉!

새롭게 만들어진 영혼 통제장치는 그 크기가 상당히 커서 수용할 수 있는 영혼의 숫자가 더 많았다. 하지만 지성을 완벽하게 통제할 수 있는 장치가 있어서 영혼이 스스로 사고하기보다는 짜인 프로그램대로 움직였다.

카미엘은 중앙 통제장치의 핵심이 될 영혼 통제장치에 전자 기기를 연결해 보았다.

파앗!

[안녕하십니까, 주인님?]

"제대로 작동하는군."

그는 이 시스템을 상륙함에 이식하여 스스로 배가 움직이도록 하였다.

앞으로 탐사를 위한 운항은 시스템이 알아서 할 것이다.

"한결 편해졌군."

카미엘은 곧장 소주를 꺼내어 마시며 여유를 부렸다.

*　　　*　　　*

한 달 후, 카미엘은 대륙의 북부에 닿아 있었다.

쏴아아아아!

차갑고 황량한 바람이 부는 이곳은 지구의 북극과 풍경이 비슷했다.

카미엘은 이곳에 배를 정박시키고 거대한 빙하에 내렸다.

뽀드득.

"만년설이다. 이곳은 북극에서도 꽤 추운 지역에 해당하는 것 같아."

"삼척과 비슷한 해안과 북극까지, 이곳은 지구의 아시아와 비슷한 환경을 가진 것 같아요."

"그래. 어쩌면 지구의 모습을 많이 닮아 있는지도 모르지."

카미엘은 계속해서 탐사선을 굴려 북극을 지나쳐 넘어가기로 했다.

쏴아아아!

배를 띄워 바다로 나아간 지 일주일째, 카미엘은 새로운 대륙을 발견하였다.

"할아버지, 신대륙이에요!"

"그래, 나도 보이는구나."

신대륙은 울창한 수풀과 조금 촉촉한 느낌이 나는 녹음이 우거져 있었다.

카미엘은 이곳이 어쩌면 캐나다의 모습과 비슷하다고 생각했다.

"으음, 이것 참 보면 볼수록 지구와 비슷하구나."

"처음엔 몰랐지만 정말 그런 것 같아요."

"어쩌면 이곳은 또 다른 차원의 지구인지도 모르겠구나."

막상 이곳에 처음 왔을 때엔 몰랐지만 보면 볼수록 지구의 모습과 닮아 있으니 오히려 친근한 느낌마저 들었다.

카미엘은 지금까지 만들어진 지도를 통하여 대륙의 모습을 살펴보았다.

"하지만 생긴 것은 많이 다른데?"

"어, 어라? 잠깐만요!"

"……?"

"할아버지, 잘 보세요. 이 모습은 지각이 이동하기 전의 지구와 비슷해요!"

그는 아델의 말대로 창의력을 발휘하여 대륙을 조금 떨어뜨려 보았다.

그러자 현재의 동북아시아 모습이 보인다.

"허어! 정말로 그렇구나!"

"어쩌면 이곳은 지구에 공룡이 번성한 것 대신 몬스터가 번성한 것일 수도 있겠네요."

"하하, 하하하! 아델 넌 역시 천재야!"

"이 정도는 누구나 다 알 수 있어요. 다만 이곳이 지구와 비슷할 것이라는 생각을 못 한 할아버지께선 고정관념에 사로잡혀 있던 것이죠."

"으음, 그렇구나."

카미엘은 아이를 키우면서 매번 자신도 함께 성장한다는 것을 느꼈다.

이제 그는 조금 더 수월하게 항해를 거듭할 수 있을 것 같았다.

"우리가 아는 지구라면 탐사가 더 쉬울 거야. 그것을 확인하면서 탐사한다면 지도를 만드는 데 훨씬 더 수월하겠지."

"그렇다면 우리가 지금 가려는 곳은 아메리카 대륙이겠군요."

"그런 셈이지."

두 번째 탐사 지역은 또 다른 아메리카 대륙이 될 것이다.

＊　　　　＊　　　　＊

카미엘과 아델이 원정을 떠난 지 5년이 흘렀다.

쏴아아아!

갑판 위에 올라선 청년 아델의 모습이 보인다.

올해로 열여덟이 된 아델은 186㎝의 키에 떡 벌어진 어깨를 가진 멋진 남자가 되어 있었다.

카미엘은 이제는 성인이 거의 다 된 아델에게 항해와 토벌의 전반적인 모든 것을 맡겼다.

이제부터 카미엘은 조력자, 혹은 조언자로서 아델을 보좌할 뿐 전면에 나서려 하지 않았다.

아델은 자신의 팔목에 있는 통제장치 연결기를 통해 현재의 위치와 상황을 확인하였다.

ㅡ현재 위치, 남부대륙 서부. 순풍이 불고 있으며 선박의 상태는 양호함.

"으음, 좋아."

남부 대륙은 지구의 오스트레일리아이다.

카미엘과 아델은 오대양 육대주를 돌아다니면서 몬스터를 토벌하였고, 이제 남은 것은 이곳 오스트레일리아뿐이었다.

그나마 북부에 위치한 몬스터를 전부 토벌하고 전진기지를 세웠기 때문에 남은 것이라곤 남부에 국한되어 있었다.

카미엘은 이제 슬슬 집으로 돌아갈 때가 되었다고 생각했다.

"남부를 토벌하고 나면 집으로 돌아가자꾸나."

"집이라……. 너무 오래되어서 기억이 가물가물합니다."

"그래. 하지만 집이란 오래된 기억이라도 당도하면 또렷하게 살아나는 법이지."

지금까지 카미엘과 아델은 전진기지를 세우느라 5년 동안 베이스캠프로 돌아가지 못했다.

아델은 쌍둥이 동생 아린과 가족들이 과연 어떤 모습으로 변해 있을지 궁금해졌다.

"어서 토벌작전을 펼치고 북쪽으로 항해하고 싶어요."

"그래. 남부의 몬스터들은 개체가 그리 많지 않고 살아남은 몬스터가 몇 안 되니 네 스스로의 능력만으로도 충분히 사냥이 가능할 거야."

"네, 할아버지."

카미엘은 마지막 토벌이니만큼 자신이 나설까도 생각했지만 이내 마음을 접었다.

그는 아델에게 앞으로의 일정에 대해 물었다.

"그럼 이제 몬스터를 어떻게 토벌할 계획이냐?"

"일단 남부 지역 해안에 전초기지를 세우고 그곳에서부터 기간틱 하이가드로 기선을 제압할 생각입니다."

"으음, 좋군."

"그렇게 하여 수렵 중반에 이르면 몬스터 코어를 수집하고 영혼석을 제조하여 전초기지의 방어 체계를 구축할 생각입니다."

"이제는 꽤 멀리 보는 혜안이 생겼구나."

"언젠가는 제가 또다시 사람들을 이끌고 와야 할 곳이니 미리 정비를 해두는 것이 옳다고 생각했을 뿐입니다."

"그래, 그렇게 한 수 앞을 내다보는 습관을 들이면 어떤 일이든 실패할 일은 없을 것이다. 내가 장담하지."

카미엘은 이제 그를 도와서 전초기지를 설치하기로 했다.

그는 배에서 내리자마자 건설 기계들을 동원하여 선착장을 만들고 전초기지의 베이스가 될 건물을 짓기 시작했다.

치지지지직!

카미엘이 용접기계들과 함께 건물을 짓는 동안 아델은 전투 로봇들을 데리고 다니면서 몬스터를 사냥하였다.

"킬러비!"

카미엘의 킬러비를 이어받은 아델은 그것을 개량하여 능동적 사격뿐만 아니라 스스로 숨어 있는 개체를 공격하고 코어를 수집하여 충전하는 능력까지 갖추게 되었다.

또한 킬러비 여러 개체가 모이면 기간틱 하이가드처럼 합체 로봇을 구성하여 조금 더 강력한 전투력을 낼 수 있었다.

아델은 총 50마리의 킬러비를 소환하여 몬스터를 보이는 족족 사살하였다.

핑핑핑!

끄웨에에에엑!

한참 몬스터를 죽이다 보니 이 구역을 주름잡는 몬스터가 나타났다.

놈은 일정한 형태가 없지만 주변의 모든 것을 빨아들여 자신의 체액으로 변환하는 능력이 있었다.

아델은 이 개체가 무엇의 원형인지 알 수 있을 것 같았다.

"마지막 사냥감은 블러디안의 조상이로군."

—크헤헤, 나의 원형을 이곳에서 보게 되다니 감회가 새롭군.

"어때? 조상과 한번 싸워보겠나?"

—그런 기회를 준다면 마다하지 않지.

아델은 영혼 통제기에서 블러디안을 불러냈다.

스스스스스!

붉은색 귀신 블러디안이 자신의 원형을 잡아먹기 위해 소환되었다.

크하하하!

블러디안의 원형은 그의 강력한 마기를 뜯어 먹기 위해 마치 해일처럼 일어나 달려들었다.

고오오오오!

그러나 블러디안은 원형보다 몇 배는 더 강력하게 진화한 완벽한 몬스터였다.

─이런 약골이 내 조상이라니 얼굴이 다 화끈거리는군.

블러디안은 놈에게 자신의 몸을 기꺼이 내주었다.

츕츕츕!

하지만 얼마 지나지 않아 블러디안의 원형이 너무 많은 에너지를 흡수하여 서서히 붕괴하기 시작했다.

블러디안은 역으로 붕괴하는 놈의 몸통을 먹어치워 버렸다.

우드드드득!

크하하하하!

자신의 원형을 흡수한 블러디안은 이전과는 비교할 수 없을 정도로 강력해졌다.

이제 이 거대한 힘이 다시 아델에게로 돌아와 그의 심장을 강력하게 만들어낼 것이다.

그는 블러디안을 다시 회수하고 자신의 통제기 안에 원형 블러디안의 영혼석을 만들어 저장하였다.

스스스스스!

─저장이 완료되었습니다.

"좋아, 이것으로 토벌은 끝이라고 볼 수 있겠군."

잠시 후, 카미엘이 공사를 끝내고 아델을 찾아왔다.

"아델, 공사가 끝났다. 이제 이곳에 물자를 놓고 방어시스템을 구축하기만 하면 끝이야."

"감사합니다, 할아버지."

"고맙긴, 앞으로 네가 우리 종족을 지킬 방패가 될 텐데 이 정도 협조는 해줘야지."

두 사람은 물자를 보충하고 방어 체계를 구축하는 작업에 돌입하였다.

*   *   *

한편, 5년 동안 무럭무럭 자라난 세계수는 한 나라를 구축할 정도의 영향력을 갖추게 되었다.

세계수에서 뻗어 나온 가지들은 열매를 맺었고, 그 열매가 최초의 엘프가 되었다.

지금까지 태어난 엘프는 총 500명으로, 이제 막 3년이 지났지만 이미 꼬마아이를 지나쳐 소년과 소녀가 되어 있었다.

엘프의 성장 속도는 인간과 비교할 수 없이 빠르지만 성인이 되고 난 이후엔 급격히 노화가 멈추어 영생에 버금가는 수명을 얻게 된다.

앞으로 2년 후엔 이 소년 소녀들이 성인이 되어 또 다른 집단을 구성하게 될 것이다.

엘프들은 세계수를 돌보고 가꾸어온 아린을 정신적인 지주로 여기고 있었다.

아린이 집으로 삼은 세계수 아래의 작은 오두막으로 엘프족 소녀들이 찾아왔다.

똑똑.

"아린 님, 계세요?"

"그래, 들어와."

아린이 문을 열자 소녀들이 엔트의 열매와 줄기를 건넸다.

"저희들이 수확한 열매와 줄기예요. 기쁘게 받아주셨으면 좋겠어요."

"어머나, 고마워라."

"기뻐하시니 너무 좋네요."

세계수를 돌보면서 아린의 얼굴은 엘프족 여인들과 흡사하게 변하였는데, 이는 세계수의 축복이 그녀에게 내렸다는 증거였다.

아마 앞으로 그녀는 엘레니아의 직위를 물려받아 영원토록 엘프족을 이끌 수 있을 터였다.

소녀들은 앞으로 있을 아린의 대관식에 대한 얘기를 꺼냈다.

"여왕님께서 이틀 후에 대관식을 열 예정이라고 해요. 그때 아린 님이 여왕이 되시면 영생을 얻게 되겠죠. 그럼 우리 종족에겐 무한한 영광이 깃드는 거지요."

"그때가 너무 기대되어요!"

아린은 슬그머니 웃었다.

"너희들은 내가 좋아?"

"물론이죠. 어려서부터 우리를 돌봐온 아린 님이야말로 우리의 전부인걸요."

"고맙구나."

그녀는 누군가를 돌보는 행복이 바로 이런 것이라는 것을 깨닫고 있었다.

잠시 후, 소년들이 달려왔다.

"아린님!"

"무슨 일이야?"

"해안가로 잠시 와보세요! 탐사선이 돌아왔어요!"

"…할아버지!"

그녀는 자리에서 벌떡 일어나 엘프족 소년들을 따라 선착장으로 향했다.

쏴아아아!

저 멀리에서부터 물살을 가르며 달려오는 카미엘의 상륙함이 보인다.

아린은 힘껏 소리쳤다.

"할아버지!"

그녀는 5년 동안 보지 못한 할아버지 카미엘이 몹시 그리웠고, 오늘 그를 볼 생각을 하니 가슴이 너무나 설레었다.

그런 그녀의 곁에 선 엘프족 소년들은 말로만 들어온 대마도사 카미엘의 귀환을 손꼽아 기다리고 있었다.

"카미엘 님은 신기한 물건들을 마구 만들어내고 신묘한 검술을 사용한다고 하던데 그만큼 멋있을까요?"

"물론이지."

"그럼 그 후계자인 아델 님은요?"

"으음, 그건 나도 잘 모르겠어. 아델이 어떤 모습일지는 나 역시 가늠이 안 되거든."

잠시 후, 상륙함이 정박하면서 거대한 철문이 내려앉았다.

쿠웅!

상륙함에선 두 명의 청년이 내려왔는데, 한 청년의 키가 아주 미묘하게 큰 것 같았다.

그것을 제외한 골격, 외모, 심지어 목소리까지 비슷한 두 사람이다.

"어이, 아린!"

"…아델?"

아린은 늠름한 아델의 모습에서 카미엘을 보았다.

그의 곁에 선 카미엘은 짐 가방을 들고 서 있었는데, 그 얼굴에는 세월의 흔적이 느껴지는 미소가 지어져 있다.

카미엘은 짐 가방을 든 채 아린을 찾았다.

"아린!"

"할아버지!"

그녀는 5년 동안 매일 꿈에도 그리던 할아버지의 품에 안겼다.

아린은 너무나도 그립던 카미엘의 체취를 마음껏 들이마셨다.

"헤헤, 할아버지 냄새! 너무 좋아요!"

"잘 지냈어?"

"네!"

아린을 안은 카미엘의 앞으로 엘프족 소년들이 다가왔다.

"당신이 바로……."

"드디어 세계수가 열매를 맺었구나. 너희들이 세계수의 열매들이니?"

"네, 맞아요."

"역시 엘프족은 성장이 빠르단 말이지."

소년들은 카미엘에게 바다 너머의 얘기에 대해 물었다.

"카미엘 님, 이곳 세계수 지역 밖은 어떤가요?"

"아주 다채로운 모습들이 공존하고 있지. 사막도 있고, 북극도 있고, 화산지대도 있고 말이야."

"우와, 화산!"

"언젠가 그곳으로 너희들을 데리고 가주마."

"좋아요!"

"카미엘 님, 그 얘기를 조금만 더 해주세요!"

"그래, 따라오너라."

카미엘은 소년 소녀들에게 둘러싸여 세계수로 향했다.

　　　　*　　　　　*　　　　　*

　세계수가 있는 곳까지 온 카미엘의 앞에는 5년 동안 오매불망 그를 기다린 엘레니아가 서 있었다.

　엘레니아는 카미엘에게 다가와 슬며시 손을 잡았다.

　"오셨군요."

　"내가 없어도 이곳을 잘 지켜주어 고맙습니다."

　"아니에요. 당신이 밖에서 고생하고 있는데 저라고 가만히 있을 수 있나요? 우리는 부부잖아요."

　"그래요, 고마워요."

　두 사람이 재회하고 나자 카트리나와 리나가 그를 찾아왔다.

　리나는 이제 제법 나이를 먹은 티가 났지만 카트리나는 여전히 5년 전과 비교해 달라진 것이 없었다.

　그녀들은 카미엘에게 항해 성과에 대해 물었다.

　"탐사는 어떻게 되었어?"

　"일단 아델이 몬스터를 모두 다 격멸시키긴 했지만 지하나 산에 숨어 있는 개체들이 있을 수 있으니 탐사를 계속 해볼 생각이야."

　"으음, 좋은데?"

　"이제 너희들도 나를 따라서 탐사를 떠나자. 최대한 많은 인원이 탐사에 동원되는 편이 좋으니까."

"나쁠 것 없지."

카트리나는 이곳에서 엘프들을 교육시킬 수 있는 학교를 짓고 자라나는 청소년들을 가르치는 일을 하고 있었다.

리나 역시 앞으로 전사가 될 아이들을 가르치느라 바쁜 나날을 보내고 있었지만 이젠 교범을 만들어 그에 따라 훈련하도록 체계를 잡아두었다.

이제 카미엘을 따라서 전 세계를 돌아다니면서 사냥을 해도 무방하다는 소리였다.

카미엘은 아린과 아델에게 이곳을 맡기고 자신은 여행을 떠나기로 했다.

"엘레니아를 도와 이곳을 잘 지켜주기 바란다."

"또 떠나시려는 건가요?"

"앞으로 수백 년을 평화롭게 살자면 더 이상 방법이 없어. 지금 당장 고생하는 수밖에."

"네, 알겠어요."

카미엘은 또다시 떨어져야 할 운명에 놓인 엘레니아에게 말했다.

"오자마자 이별이라니… 어쩌죠?"

"괜찮아요. 이 일이 끝나면 앞으론 절대 떨어질 일 없을 테니까요."

"이해해 줘서 고마워요."

"아니요. 당연한 일인 것을요."

카미엘은 이제 동료들과 함께 가칭 '엘븐테라'를 여행하면서 몬스터의 씨를 말리기로 했다.

*   *   *

카미엘이 떠난 지 10년이 흘렀다.

이제 세계수는 활짝 꽃을 피워 사방에 씨앗을 흩뿌렸고, 그 씨앗들이 자라나 다시 성목이 되었다.

처음 500명으로 시작한 베이스캠프는 이제 일만에 이르는 시민과 드넓은 영토를 가진 왕국이 되었다.

엘븐테라는 이제 단일국가로 출발하여 서서히 새로운 세계를 구축해 나가고 있는 것이다.

이런 엘븐테라의 여왕으로 추대된 아린은 대관식을 치르고 영원한 생명을 얻게 되었다.

엘레니아는 10년 동안 나라의 기틀을 잡아두었으니 이제 자신은 이곳을 떠나야겠다고 생각하였다.

늦은 밤, 그녀가 해안가 선착장에 서 있다.

휘이이잉!

차가운 바람이 불어 그녀의 볼을 마구 때려댔지만 적당한 냉기가 오히려 기분을 좋게 하였다.

그녀는 저 멀리 수평선 너머에서부터 서서히 다가오고 있는 상륙함을 바라보았다.

뿌우, 뿌우!

기적 소리를 요란하게 울려대며 다가오는 상륙함에는 엘프왕국을 상징하는 세계수 나무 깃발이 꽂혀 있었다.

엘레니아는 벅찬 가슴을 가까스로 진정시켰다.

"…드디어 그분을 만나는구나!"

엘프왕국에서 카미엘은 신적인 존재이며 누구나 카미엘을 존경해 마지않는다.

그는 이곳 엘븐테라에 왕국을 세울 기틀을 만들고 기계 마도학이라는 고도의 문명을 창제한 왕국의 시초로 알려져 있었다.

그런 카미엘의 아내이며 왕국의 어머니인 엘레니아는 엘프들의 환송을 받았다.

"잘 가십시오, 대비마마!"

"앞으로 더 좋은 세상을 만들어 좋은 모습으로 만나요!"

잠시 후, 상륙함이 멈추면서 수염이 덥수룩하게 난 카미엘이 내려왔다.

그는 환하게 웃으며 엘레니아를 맞이하였다.

"엘레니아!"

"카미엘!"

두 사람이 서로를 와락 끌어안으며 그동안 쌓인 애정을 유감없이 풀어냈다.

그 뒤를 따라서 내려온 카트리나와 리나가 떨떠름한 표정을 짓고 있었다.

"이것 참, 짝이 없는 누구는 서러워서 못 살겠군."

"미안해요. 저만 행복한 것 같아서."

"아니야. 10년 동안 고생했으면 됐지, 뭘."

카트리나와 리나는 이제 왕국에 남아 아카데미의 원장과 훈련소장을 각각 역임하면서 여생을 보낼 계획이다.

상륙함은 이제 카미엘과 엘레니아가 평생을 여행하면서 살아가게 될 집이 된 것이다.

"우리는 이곳에 남아 왕국을 돌볼게. 두 사람은 그토록 바라던 여행을 떠나라고."

"정말 그래도 괜찮을까요?"

"안 될 것 없지. 우리에겐 아직 많은 시간이 있잖아?"

"그렇군요."

카미엘은 엘레니아에게 또 다른 베이스캠프를 세우고 새로운 왕국을 구축하자고 제안했다.

이 드넓은 세상에 엘프족이 번성하면 번성할수록 삶이 풍요로워질 것이라는 게 카미엘의 생각이다.

"우리 또 다른 엘프왕국을 건설합시다. 앞으로 계속해서 대륙마다 엘프의 씨를 뿌리고 세계수 나무를 심어 종족을 번성케 하는 것이지요."

"좋아요. 그렇게 해서 이 땅을 정화시킬 수 있다면 당연히 해야지요."

카미엘과 엘레니아는 멀고 먼 길을 떠났다.

*   *   *

망망대해를 떠돌아다니는 두 사람의 손가락에는 반지가 끼워져 있다.

그동안 반지 하나 없이 결혼 생활을 해온 카미엘이지만 이제는 안정된 삶을 찾은 것이다.

그는 엘레니아의 손을 잡았다.

"그동안 고생시켜서 미안했어요."

"아니요, 괜찮아요."

"앞으론 우리 둘이 행복하게 살아봅시다."

"좋아요."

그들은 지는 해를 바라보며 술잔을 맞댔다.

팅!

"건배!"

"후후, 건배."

카미엘은 이제 더는 자신의 행복이 어디론가 떠나가지 말았으면 하는 바람을 가져보았다.

에필로그

엘븐테라 중앙력 1570년.

아린델 왕국의 출범 1,550년이 흘렀고, 각 대륙에 왕국이 세워져 총 140개의 왕국이 들어섰다.

각 왕국은 독자적인 문명을 개척하고 새로운 문화를 꽃피워 엘븐테라를 살찌우고 있었다.

그러나 이렇게 평화로운 엘븐테라에도 당연히 분쟁은 일어날 수밖에 없었다.

아린델 왕국의 여왕 엘레니스는 엘븐테라 왕국 연합체의 수장으로서 중앙회의를 진행했다.

그녀의 명령에 따라 소집된 각 국가의 왕들은 최근 일어난 루엘트 왕국과 가벨 왕국의 영토 분쟁을 심도 있게 다루고 있었다.

루엘트 왕국의 국왕 케레니슨은 루엘트 해협 서부에 위치한 작은 섬 네 개를 자신의 영토라고 주장하였다.

그러나 가벨 왕국은 루엘트 해협에 있는 네 개의 섬은 자신들이 맨 처음 발견하였고, 그것이 자신들의 영토라고 주장하였다.

그리하여 양국은 첨예한 대립 구도를 구축하게 되었고, 왕국 연합체들은 난색을 표할 수밖에 없었다.

엘레니스는 먼저 케레니슨의 주장부터 들어보기로 했다.

"중앙회의를 개최하였으니 양쪽의 주장을 먼저 들어보지 않을 수 없습니다. 15분을 드리겠습니다. 발언하시죠."

"네, 알겠습니다."

케레니슨은 엘븐테라의 전도를 그려놓고 중앙 대륙 센트리널의 서부에 위치한 루엘트 해협을 파란색으로 칠하였다.

슥슥슥.

"이곳이 루엘트 해협입니다. 이곳이 루엘트 해협이라는 이름을 얻게 된 것은 엘븐테라의 개척자이신 위대한 카미엘 님께서 그리 지정했기 때문입니다. 처음 카미엘 님께서 이곳 루엘트 연안에 정박하시고 세계수의 어머니이신 엘레니아 님과 함께 왕국을 만들었습니다. 우리 루엘트 왕국은 센트리널 대륙에서 가장 처음으로 만들어진 국가이며 가벨 왕국은 그 뒤를 이어 중앙집권을 이룩한 국가입니다. 애초에 그들은 중앙 대륙 남쪽에 위치하여 루엘트 해협에 대한 지분을 가질 수가 없었습니다. 그런데 이제 와서 영유권 주장이라니요, 가당치도 않습니다."

"흐음."

"위대한 각 국가의 수장들께 묻겠습니다. 우리 루엘트 왕국이 영해 주장을 하는 것이 그릇된 일이라고 생각하십니까?"

"국왕의 말씀을 들으니 그릇된 주장은 아니라고 생각됩니다."

"그래요. 카미엘 님께서 지정해 주신 구역을 가지고 살아가는 것이 잘못된 것은 아니지요."

케레니슨은 이만 말을 접었다.

"이상입니다."

엘레니스는 곧이어 가벨 왕국의 국왕을 호명하였다.

"블레이스 국왕, 발언하시죠."

"감사합니다."

그는 자리에서 일어나 칠판에 있는 푸른색 구역을 정확하게 절반으로 나누고 그 남쪽을 붉은색으로 칠하였다.

블레이스는 붉은색 구역을 가벨 해협이라고 표기하였다.

"이곳이 바로 우리의 영해입니다."

"그에 대한 근거는요?"

그는 두꺼운 책을 한 권 올려놓았다.

쿠웅!

책에는 '카트리나 대륙사서'라는 글귀가 적혀 있었다.

"카트리나 대륙사서 중앙 대륙편에 보면 가벨 왕국에 대한 내용이 아주 상세히 나와 있습니다. 특히나 우리 가벨 왕국의 영해를 표기한 부분이 센트리넬 대륙 서부해협 남부까지 지정되어 있지요. 이것을 토대로 봤을 때 서부해협 네 개 섬은 당연히 우리 가벨 왕국의 것입니다."

"흐음, 확실히 그렇군요."

"카트리나 님께선 우리 테라엘븐의 모든 학문을 재정립하고 그것을 집대성하신 분입니다. 설마하니 위대하신 카트리나 님의 말씀을 거짓으로 만들려는 것은 아니겠지요."

"그, 그건……."

"애초에 카미엘 님께서 센트리넬 대륙의 서부해협을 발견하시고 루엘트 해협이라 이름을 붙이신 것은 왕국이 성립되기 전입니다. 루엘트 왕국이 생기기 전에 붙은 이름을 근거로 그 해협의 모든 주권을 행사한다는 것은 말도 안 되는 소리죠."

확실히 카트리나의 대륙사서는 엘븐테라라는 차원의 모든 역사를 총망라하고 있기 때문에 이보다 더 신빙성이 있는 사서는 찾아볼 수 없었다.

그나마 카미엘이 쓴 대륙일기가 남아 있긴 하지만 그 역시 카트리나 대륙사서의 부록으로 첨부되어 있기 때문에 따로 떼어 내 얘기하는 것은 불가능했다.

카미엘의 정통 후계자이자 아린 여왕의 적통 왕손인 엘레니스는 이 모든 상황을 자신의 주관대로 판단하여 누구 한 명에게 힘을 실어줄 수 있는 입장이 아니었다.

그녀는 사실 관계만 파악하여 판가름할 뿐 그들의 주장엔 그리 크게 신경 쓰지 않았다.

"기록으로 남아 있는 사실이 있으니 어쩔 수가 없군요. 가벨 왕국의 해협을 서부 중엽까지 확장하는 데 이의가 있는 분이 계신가요?"

"……."

"그럼 모두 동의하신 것으로 알겠습니다."

탕탕탕!

회의의 의장인 엘레니스가 의장봉을 두드리자, 케레니슨은 고개를 푹 숙일 수밖에 없었다.

이 세상은 카미엘 일행이 세웠고, 그들이 남긴 역사서가 지금 대의 엘프들에겐 절대적인 힘을 행사하기 때문이다.

다른 것은 몰라도 역사서에 나온 내용을 번복한다면 왕국의 신뢰도 역시 떨어져 내릴 것이 분명했다.

케레니슨은 어쩔 수 없이 영해권을 포기할 수밖에 없었다.

"크윽, 역사서에 그런 내용이 있었다니……."

"어려서부터 카트리나 대륙사서를 읽지 않은 자네의 잘못이
지."

"끄응."

두 사람의 표정이 첨예하게 엇갈렸다.

＊　　　　　＊　　　　　＊

아린델 왕국의 수도 세계수의 영토로 국왕 엘레니스를 환영
하는 인파가 모여들었다.

빰바바밤!

"국왕폐하 납시오!"

"와아아아아!"

팡파르와 함께 수도로 들어선 엘레니스는 세계수 나무가 그
려진 깃발이 달린 마차 위에 올라 있었다.

그녀는 마차 밖으로 나와 환호하는 시민들에게 손을 흔들어
화답해 주었다.

"국왕폐하 만세!"

"고맙습니다, 모두들!"

엘레니스의 인기는 정통 카미엘 왕조를 따라 수직 상승하여
뜨겁게 달아올라 있었다.

왕권은 강력하였고 국민들은 왕가를 존경하고 자랑스럽게

여기니 나라가 잘 돌아갈 수밖에 없었다.

국왕 엘레니스는 개척자 카미엘의 동상과 엘프족의 어머니 엘레니아 동상이 세워져 있는 왕궁의 입구로 향했다.

높이 120미터에 달하는 거대한 석상 두 개는 세계수의 영토를 지키는 수호신처럼 왕궁을 굽어살피고 있었다.

그녀는 왕가의 상징 앞에 도착하자마자 맨발로 나와 절하였다.

"저희 엘프족을 굽어 살피시고 왕국의 번영에 힘써주십시오. 빌고 또 빕니다."

엘레니스가 왕궁의 입구를 지나 외성 문에 달하자 그녀의 앞으로 마도 기계들이 일사불란하게 돌아다니는 모습이 눈에 들어왔다.

위이이잉!

왕궁에서 일어나는 거의 모든 일이 기계들에 의해서 벌어지고 있으며 그것들을 관장하는 것은 엘프족의 수호신이자 중앙 통제장치의 핵심인 발록의 영혼석이었다.

발록의 영혼석이 엘레니스의 팔목에 달린 통제장치를 이용하여 말을 걸었다.

─늦었군.

"회의가 좀 길어졌습니다."

─왕성에 보수할 것이 산더미다. 어서 마도 기계들을 소환하

여 수리에 들어가라.

"네, 알겠습니다."

발록은 위대한 현자이며 대공학자인 아델의 유지를 이어받아 왕궁을 수호하고 총괄하는 역할을 맡고 있었다.

발록이 이곳에 처음으로 뼈를 묻게 되었을 때엔 말도 많고 탈도 많았지만 그는 결국 스스로의 운명을 인정하고 엘프족을 수호하는 수호신이 되었다.

이제 그는 왕궁이 무너지지 않도록 조율하고 관장하는 중요한 인물이 된 것이다.

엘레니스는 왕정 기계 마도사들을 불러냈다.

"이프린."

"예, 폐하!"

"지금 당장 중앙 제어 시스템을 따라서 왕성을 보수하는 작업에 착수하세요."

"명에 따릅니다!"

왕정 기계 마도사들은 카미엘이 닦은 길을 따르면서 아델이 발전시킨 마도학을 이어받아 발전시키고 있었다.

그들에게 있어 카미엘은 신화적인 존재이며 그 손자인 아델은 인류 최고의 학자로 손꼽혔다.

마도 기계사들은 총 150기의 수선 로봇을 소환하여 중앙 통제장치에 연결시켰다.

삐빅!

물건을 붙였다 뗄 수 있으며 물건을 수리하거나 세탁하는 일도 가능한 수선 로봇은 왕성의 보수나 공사에 동원되곤 했다.

수선 로봇들은 발록의 중앙 통제장치에 따라서 왕성의 부식된 부분을 개선시키고 수리하여 구색을 제대로 갖추어 나갔다.

카미엘이 구축하고 아델이 완성시킨 기계 마도학은 1,500년을 거치면서 비약적인 발전을 거듭하였다.

기계 마도학은 소환마법, 공간마법, 원소마법, 정령마법을 함께 내포하며 마도 기계가 이 네 가지 학문을 포괄하여 소환하게 된다.

소환기계는 아공간에서 정령을 소환하거나 사대원소를 소환하고 필요에 따라선 물자와 사람도 소환하게 되었다.

이제 마도 기계 하나만 있으면 못 갈 곳이 없으며 그 어디에서건 원하는 것을 소환하여 가지고 다닐 수 있게 되었다.

엘프족은 기계 마도학과 결합하여 영원한 생명을 얻었으며 그 의식이 자손대대로 남게 되었다.

죽음은 죽음으로 끝나는 것이 아니고 일정한 형태가 없는 정신의 형태로 남게 된 것이다.

그렇지만 의식을 현실로 투영하는 것은 국가나 대륙의 존립이 달린 상황이 아니면 절대로 금지되어 있었다.

이는 삶과 죽음의 경계가 모호해지는 것을 방지하게 위해 만들어진 법이었다.

한창 보수 작업이 진행되는 동안 엘레니스는 정원에 앉아 잠시 휴식을 취하였다.

"휴우……."

그녀는 여왕으로서 살아가는 것이 고단하고 피곤하다고 생각하지는 않았지만, 요즘 들어 점점 늘어가는 영토 분쟁 때문에 머리가 아파왔다.

잘못하면 전쟁으로 번지는 것이 아닌가 하는 생각이 들 때도 있었지만 엘프족은 싸움이 금지되어 있는 바, 그런 불상사는 일어나지 않았다.

하지만 언제 법을 어기고 군사를 모으는 사태가 벌어질지 아무도 몰랐다.

"조상님, 제가 어떻게 하면 대륙을 더 잘 다스릴 수 있을까요?"

그녀는 오늘따라 조상들의 영령을 불러낼 수 있다면 좋겠다는 생각을 해보았다.

*　　　　　*　　　　　*

망망대해 한복판, 허름한 배 한 척이 보인다.

쏴아아아아아!

상당히 낡은 상륙함은 곳곳을 미스릴과 강철로 보강하였지만 그 조화가 아주 아름다워 누구도 이것을 고대의 유물이라고 생각하지는 않을 듯했다.

더군다나 엘프족은 꼭 필요한 경우가 아니라면 전사들을 대규모로 육성하지 않기 때문에 무기의 발달도 생각보다 더딘 편이었다.

물론 필요한 경우가 생긴다면 고등 무기와 상상 이상의 위력을 가진 살상 기계들을 생산할 수 있는 능력을 갖추고 있었다.

카미엘이 생전에 남긴 유언은 '싸움은 절대로 없어야 한다'였기 때문에 엘프들은 지금까지 전쟁이 없는 삶을 영유할 수 있던 것이다.

하지만 그것도 이제는 옛말이 될 것 같은 느낌이 서서히 들었다.

찬바람이 부는 갑판 위로 나온 카미엘에게 엘레니아가 다가와 말을 걸었다.

"왜 그래요? 무슨 고민거리가 있나요?"

"우리 후손들이 꾸린 나라 말입니다. 저 수많은 나라들이 지금 전쟁을 벌일 수도 있겠다는 생각이 들어요."

"전쟁이라……."

"전쟁이 없는 세상을 만들기 위하여 새로운 땅을 찾아 개척했지만 인류의 욕심이라는 것은 도저히 막을 도리가 없는 것인

모양입니다."

"그래요. 아무리 엘프족이라고 해도 욕심이 아예 없을 수는 없어요. 다만 그것을 억제하고 살아갈 수 있는 방법을 알고 있을 뿐이죠."

"만약 그 억제를 잃어버리게 된다면?"

"전쟁이 일어나겠죠."

카미엘과 엘레니아, 그리고 그의 동료들은 지금 전 세계 곳곳에 흩어져 방랑자로 여생을 보내고 있다.

사실 그들은 영원한 생명을 얻어 나이라는 것을 잊은 사람들이기 때문에 여생이라는 말보다는 앞으로 남은 영원이라는 말이 맞을 것이다.

그들은 1,500년이 넘도록 이곳에서 살고 있었지만 지금까지 이렇게 심각한 영토 분쟁이 일어나는 것을 목격한 일은 단 한 번도 없었다.

그러나 최근 3년 동안 무려 10건이 넘는 영토 분쟁이 일어났고, 그들은 그때마다 전쟁을 불사하겠다는 태도를 고수하고 있었다.

이제 카미엘은 뭔가 특단의 조치를 내려야 한다고 생각했다.

"전쟁을 억제할 수 있는 좋은 방법이 없을까요?"

"좋은 방법이 하나 있기는 하죠."

"그게 뭔가요?"

"관심을 다른 곳으로 돌리는 거죠."

"으음."

그녀는 카미엘에게 전혀 새로운 방법의 게임을 제안했다.

"인류의 역사를 돌이켜 보면 스포츠가 민중의 마음을 움직인 경우가 많아요. 로마는 검투 시합, 한국은 야구, 때론 이종격투기 등이 그랬죠."

"스포츠라……."

"우리의 능력으로 가상의 공간을 창조하고 그곳에서 국가 대항전이 가능한 게임을 만든다면 어떻게 될까요?"

"오호라?"

"게임이 곧 돈인 셈이죠. 게임으로 돈을 벌고 낼 수 있다면 충분히 승산이 있을 것이라고 생각해요."

"좋은 생각인데요?"

카미엘은 전 세계 각지에 흩어져 있는 자신의 동료들을 모으기로 했다.

*　　　　*　　　　*

엘븐테라 북부 대륙 아스카일란의 구석에는 방랑자들을 위한 쉼터가 있다.

이곳은 이름도, 나이도, 신분도, 과거도 묻지 않는 불명의 지역이며 대략 일천 명의 사람이 모여 살고 있었다.

카미엘은 이곳 아스카일란 방랑자 쉼터를 방문하였다.

쉼터는 거대한 통나무로 지어진 집인데, 이곳에 천 개의 방이 있어서 사람들이 빈집에 아무렇게나 들어가서 사는 형식이었다.

이곳은 통제하는 국가나 법이 없지만 방랑자들이 알아서 불문율을 만들어 살고 있기 때문에 사회가 유지되고 있었다.

휘이이이잉!

카미엘 부부가 아스카일란 방랑자 쉼터를 방문할 무렵, 이곳에서 한차례 싸움이 일어났다.

그들은 목검을 들고 첨예하게 대치하고 있었는데, 요즘의 전투 방식과는 많이 동떨어진 방식이다.

마법으로 만들어진 기계를 가지고 싸우는 현대적 전투 방식은 그야말로 과학과 마도학의 집약체라고 할 수 있었다.

인간이 직접 총을 쏘는 방식에서 벗어나 사격 통제장치가 사격을 하고 로봇이 대신 전투를 하는 마당에 인간이 검을 들고 다니는 경우는 없었다.

이들이 검을 든 것은 쌓인 오해를 풀고 서로 간의 이해관계를 없애기 위함이었다.

검으로 무엇을 얻겠다는 것보다는 서로 치고받고 싸우면서 스트레스도 풀고 마을 사람들이 내기도 하는 목적으로 싸움이 벌어진 것이었다.

딱, 딱!

목검을 든 두 사람은 링 위에 올라 서로 검을 주고받았다.

그저 방패 하나에 의지하여 공격을 막아내고 또다시 공격하는 단순한 방식이었지만 사람들은 그 모습에 열광하였다.

"와아아아아아!"

"쳐! 치란 말이야!"

"자네에게 100엘브나를 걸었어! 절대 지지 말라고!"

1엘브나는 한화로 전환하면 천 원에 해당하고 1달러보다는 조금 더 가치가 있다고 볼 수 있었다.

그러니까 이 남자는 10만 원을 걸었고, 그 돈이 배당금으로 환산되어 사라지거나 불어서 돌아올 것이다.

마을 사람들은 이런 식으로 대륙의 공용 화폐인 엘브나를 걸고 내기를 하고 있었다.

두 사람의 전투 방식이 구식인데다 기술이라곤 찾아볼 수 없어서 거의 막싸움이라 할 수 있었지만 그 나름대로 재미는 있었다.

더군다나 지금까지 싸움이라곤 아예 본 적도 없는 엘프들로선 흥미진진하지 않을 수 없었다.

한창 싸움이 벌어지고 있는 현장 구석에 앉아서 구경하고 있는 한 여성에게로 다가간 카미엘이 말을 걸었다.

"말 좀 물읍시다."

"무슨 일이시죠?"

"사막에도 눈이 옵니까?"

순간, 그녀의 눈동자가 슬그머니 흔들렸다.

"…하, 할아……."

"쉿."

카미엘은 손녀인 아린을 데리고 자신의 상륙함으로 향했다.

마을에서 대략 10분쯤 떨어진 선착장에 세워둔 상륙함으로 들어온 아린은 자신이 한창 활동하던 시기의 모습으로 돌아왔다.

그녀는 30대 초반의 미녀로 지금까지 살아가고 있었는데, 아마 죽을 때까지 이 모습 그대로 살아가게 될 것이다.

엘프족은 세계수의 아래에서 영생을 누린다고 하지만 실질적으론 대략 500년을 영유하면 죽는다.

이는 자연의 섭리와 관련이 있는데, 아무리 엘프라고 병에 걸리지 않으리라는 법이 없고 그들은 세계수의 잎사귀가 지는 주기에 따라서 생명을 다한다.

한마디로 세계수가 자연으로 자신의 일부를 환원시키는 시기에 따라서 엘프족의 수명도 달라지는 것이다.

하지만 아린은 영생을 얻은 사람이니 그들과 함께 평생 어울려 산다는 것은 있을 수 없는 일이었다.

세월의 풍파를 맞으며 이곳저곳 유랑하면서 살던 아린이 카미엘을 만나자 반가움에 마음껏 애교를 떨었다.

"헤헤, 할아버지!"

"잘 지냈느냐?"

"보고 싶었어요! 지금까지 어디에 계셨어요?"

"바다를 떠돌아다니고 있었지."

"바다에서 사는 것이 지겹지 않으세요?"

"지겨울 틈이 있나? 해가 뜨면 일어나 일출을 맞고 바다에서 멱을 감지. 그리고 점심엔 육지로 나가서 일광욕을 즐기고 밤에는 달과 별을 보면서 술을 한잔 걸치고 말이야. 이게 바로 신선놀음 아니겠냐?"

"하지만 그 신선놀음도 하루 이틀이죠."

"임과 함께라면 그 어떤 것이 지겹겠니?"

아린은 고개를 가로저었다.

"그놈의 임……."

"리피트는 아직도 감감무소식인 것이냐?"

"어디서 죽었는지 살았는지도 모르겠어요."

"학문에 미친 사람은 원래 그래."

"그것도 어느 정도죠."

아린의 남편이자 왕국의 부마이던 리피트는 열성적인 마도학도였는데, 그는 학문에 미쳐서 전 세계를 유랑하고 있었다.

그것이 벌써 300년 전이고 아린이 세상에서 자취를 감추었을 때엔 자신의 역할이 끝났다면서 미소와 함께 잠적해 버렸다.

한마디로 그는 학문과 함께 늙고 병들어가다가 언젠가는 죽고 싶다는 공부벌레였던 것이다.

카미엘은 자신이 정립하여 보급한 마도학이 이렇게까지 한 사람을 미치게 만들 줄은 꿈에도 몰랐다.

"미안하구나. 괜히 그런 학문을 퍼뜨려서……."

"아니요. 할아버지의 학문이 없었다면 지금쯤 엘프족은 도태되어 원시적인 삶을 살아가고 있겠죠. 하지만 지금은 고도화된 문명의 혜택을 받잖아요? 후손을 위해 한 사람을 버린 것이라고 생각하세요. 대를 위한 소의 희생, 그런 것처럼 말이죠."

"그래, 그렇게 생각하면 편하긴 하지."

"아무튼 간에 할아버지께서 갑자기 기별도 없이 저를 찾아오신 것을 보면 뭔가 깊은 사연이 있겠죠?"

카미엘은 씁쓸한 미소를 지었다.

"눈치가 많이 늘었구나."

"저도 한 나라의 여왕이었으니까요."

엘레니아는 아린에게 자신들이 찾아온 이유에 대해서 설명하였다.

"실은 요즘 엘븐테라에 불고 있는 영토 분쟁 때문에 너를 찾아온 것이란다."

"으음, 그래요. 안 그래도 저 역시 그 문제로 고민이 많아요. 갑자기 안 하던 짓들을 하니 적응도 잘 되지 않네요."

"그들을 말리지 못하면 엘븐테라는 전란에 휩싸이고 말 거야."

"하지만 욕심이 욕심을 부르는 것이고, 그 욕심을 막을 방도가 있을까요?"

엘레니아는 그녀에게 자신이 세운 계획에 대하여 설명하였다.

그 설명을 들은 아린이 손뼉을 쳤다.

"오오, 그런 방법이……?!"

"현실 세계에선 하지 못하는 것이지만 게임 세계에서 정복의 욕구를 풀어간다면 어떻게 되겠어?"

"그래요, 아주 좋은 방법이네요."

"우선 몇 가지 게임을 고안해 보았는데 한번 들어보겠니?"

"좋지요."

아린은 오랜만에 할아버지, 할머니와 시간을 가져 상당히 행복해 보였다.

"할머니, 일단 우리 숲으로 가요. 숲에서 얘기하면 더 좋을 것 같아요."

"그럼 그럴까?"

"제가 기거하는 동굴이 있어요. 그곳에서 천천히 얘기하면서 다른 사람들도 부르기로 해요."

"그래, 그러자꾸나."

세 사람은 손을 잡고 아직 만년설이 녹지 않은 숲으로 향했다.

*　　　*　　　*

엘레니아와 카미엘이 고안한 게임은 총 네 가지였다.

첫 번째는 주먹과 발로 하는 격투기, 두 번째는 총으로 하는 서바이벌게임, 세 번째는 전략과 전술로 이뤄진 전쟁게임, 그리고 네 번째는 레이싱게임이었다.

게임은 신체 능력이 고스란히 반영되고 숙련도에 따라서 결과가 달라지는 리얼리티를 추구하는 형식이었다.

한마디로 가상이라는 무한한 공간에서 자신 스스로의 능력을 그대로 사용하여 게임을 즐길 수 있다는 것이다.

이것은 카미엘과 엘레니아가 지구에서 살 때 가장 인기가 높던 게임들을 그대로 재현한 것이다.

아린은 이 안에 살을 조금 더 붙여 판을 짜자고 제안했다.

"가상현실이라는 큰 틀을 만들어놓고 그 안에서 게임을 개발해서 지속적으로 놀 수 있도록 하면 어떨까요?"

"으음, 좋은 방법이구나."

"고대전쟁이라는 것이 아주 흥미롭지만 여자들에겐 큰 흥미를 유발할 수 없거든요. 그러니까 RPG 형식의 게임이라든가 보드게임 등을 만들면 더 좋을 것 같아요."

"그래, 아주 좋은 생각이야."

"그런데 이 판을 누가 짜죠?"

"누구긴 네 쌍둥이 오빠지."

"아아, 아델!"

아델은 카미엘을 뛰어넘는 천재로서 지금의 초고도 문명을 일으킨 장본인이다.

만약 그가 전면에 나선다면 가상의 세계를 만들어 영원히 지속시키는 일이 가능할 것이다.

하지만 그는 좀처럼 찾기 쉬운 사람이 아니었다.

"그런데 아델은 한번 숨으면 찾기가 힘들잖아요? 벌써 천 년째 연락이 안 되는 것을 보면 아예 다시는 나타날 생각이 없는 것 같기도 해요."

"후후, 그래도 다 찾는 방법이 있지."

"어떻게요?"

"마도학에 미친 사람은 마도학으로 찾아내는 것이 순리 아니겠냐?"

"마도학으로 오빠를 찾는다고요?"

그는 아델이 창조한 엘븐넷을 통하여 손자를 찾을 수 있다고 생각했다.

"녀석의 엘븐넷 영역을 침범해서 엉망으로 만들어놓을 생각이다."

"허, 허어! 그게 가능하겠어요?"

"잊었냐, 그놈에게 지식을 전수한 사람이 누구인지?"

"아하! 그렇죠! 기계 마도학을 창조한 사람이 바로 여기 있는데 내가 지금 무슨 소리는 하는 거람?!"

카미엘은 그녀에게 엘븐넷을 연동할 수 있는 기계를 제작하는 데 필요한 재료를 구해줄 것을 요청하였다.

"미스릴과 오리하루콘이 좀 필요한데 구해줄 수 있겠니?"

"물론이죠. 제 창고에 많아요."

"좋아, 그것에 몬스터 코어를 섞어서 그놈은 따라올 수 없는 신세계를 보여주도록 하지."

"재미있겠다!"

카미엘은 일천 년 동안 취미로 만들어오던 기계들을 동원하여 접속창기를 만들어내기로 했다.

*   *   *

이른 아침, 엘븐테라 동부대륙 알렌시아 끝자락에 있는 숲에서 비명 소리가 들려왔다.

"으아아아아악! 흐아아아악! 제기랄아아아알!"

머리를 쥐어뜯는 사람은 바로 마도학의 선구자라 불리는 아델이었다.

아델은 자신이 구축한 고전 게임 세계에 침투한 해커에게 컴퓨터를 포맷당하는 어처구니없는 일을 당하였다.

설마하니 그를 뛰어넘는 해커가 있다는 소리는 들어본 적이 없었고, 더군다나 이런 구식 컴퓨터로 한 땀 한 땀 만들어낸 세계엔 어지간해선 침투가 불가능했다.

"도대체 어떤 놈이······?"

이 컴퓨터에는 지구에서 즐기던 게임이 전부 수록되어 있고 그것을 클리어하고 그를 기반으로 새로운 게임을 만들어내는 것이 아델의 유일한 취미였다.

무려 천 년이나 걸려 만들어놓은 세계를 한순간에 날려 버리다니, 그는 화가 머리끝까지 나 있었다.

"···감히 잠자는 사자의 코털을 건드렸겠다!"

그는 당장 잠수함을 가동시켰다.

우우우우웅!

그의 숲 아래에는 거대한 수로가 자리 잡고 있었는데 이 수로를 통하여 바다로 나아갈 수 있고 목적지까지 신속하게 이동할 수 있었다.

더군다나 요즘은 포털이 발달하여 대륙과 대륙을 마음대로 오갈 수 있었지만 사람이 돌아다니는 곳곳에 마력 감지기가 있어서 그 어떤 사람도 흔적이 남게 마련이었다.

장거리를 이용하는 데엔 바다보다 더 좋은 것이 없었다.

아델은 고초속 잠수정을 타고 바다로 나아갔다.

쒜애애애앵!

마하의 속도로 해안을 누비는 그의 잠수정은 숫자로 이뤄진 좌표를 따라서 자동 항해를 하는 중이다.

그는 자신이 추적한 IP의 주소를 좌표화하여 그를 추적하였다.

"북부라……. 그것도 부랑자의 쉼터에서 이런 일을 해왔다고? 좋아, 아주 묵사발을 내주지!"

원래 대륙에선 싸움이 금지되어 있지만 부랑자의 쉼터는 일정한 법률이 없기 때문에 무슨 짓을 해도 용서가 된다.

아델은 해안가에 잠수함을 세우고 IP의 주소를 따라서 산을 올랐다.

삐빅, 삐빅.

"거의 다 왔다! 아주 무릎을 꿇고 반성하게 만들어주마!"

그가 추적장치를 가지고 산비탈을 오르고 있는데 갑자기 그의 발밑에서 강철로 된 로봇 손이 쑤욱 올라왔다.

퍼억!

끼릭, 끼릭!

"함정?!"

함정이라는 것을 알아차린 아델이 마도 기계를 소환해 냈다.

"킬러비!"

<u>스스스스!</u>

천 년 전의 킬러비와는 비교도 할 수 없을 정도로 발달한 자동 사격 장치가 소환되었다.

이제는 아공간의 원리를 이용하여 물리적인 힘을 초월한 공간마법을 쏘아대는 킬러비야말로 최고의 살상 기계라 할 수 있었다.

하지만 그는 기계를 써보지도 못하고 전기충격파에 맞아 쓰러지고 말았다.

촤라라라락!

"커헉!"

쿠웅!

바닥에 벌러덩 누워버린 그에게로 한 청년이 다가왔다.

"이놈, 내가 그렇게 무기를 만들지 말라고 일렀거늘!"

"하, 할아버지?!"

카미엘은 바닥에 누워 있는 아델의 옆구리를 발로 차버렸다.

퍼억!

"크허어억! 아파요!"

"이런 미친놈, 그럼 아프라고 때리는 거지 아프지 말라고 때리겠느냐?!"

"…죄, 죄송해요."

"일어나라."

어지간해선 이렇게 거칠게 사람을 대하는 법이 없는 카미엘이지만 손자가 잘못을 했을 때엔 아주 엄하게 다스렸다.

나이를 천 살이나 먹은 손자이지만 카미엘의 눈에는 여전히 꼬맹이였다.

"이 땅에 전쟁이 없도록 하자는 내 말을 그새 잊은 것인가?"

"아니요, 그런 것이 아니에요. 혹시나 하는 마음에……."

"유사시엔 이 할아비가 알아서 전투로봇을 만들어줄 것이다. 그러니 다시는 이런 물건은 가지고 다니지도 마라."

"알겠습니다."

아델은 그가 보는 앞에서 전투로봇을 모두 폐기시켜 버렸다.

빠지지직!

카미엘은 그제야 아델의 옆구리에 몬스터 코어로 된 약품을 뿌려주었다.

치이이이익!

그러자 상처 부위가 씻은 듯이 나았다.

"다시는 이런 일이 없었으면 좋겠구나."

"물론이죠."

잠시 후, 숨어서 이 광경을 지켜보고 있던 엘레니아가 달려나왔다.

"아델!"

"할머니!"

"다, 다친 곳은 없니? 보자. 어디 상한 곳은 없고?"

"없어요. 이 정도로 다치면 그게 남자인가요?"

"다행이구나."

엘레니아는 카미엘에게 눈을 흘겼다.

찌릿!

"세상의 어떤 할아버지가 애를 이렇게 쥐어 패요?!"

"험험, 그거야……."

"다음부턴 엉덩이를 때려요. 몸통을 발로 차는 것은 너무 위험하잖아요!"

"알겠습니다."

"…결국 때리지 말라는 말은 안 하시네."

"그거야 네가 잘못을 했으니까."

엘레니아 역시 훈육에 빈틈이 없는 사람이니 잘못한 경우에 대한 체벌은 트집 잡지 않았다.

다만 그 정도가 지나쳤을 땐 카미엘을 나무랐다.

"아무튼 간에 다시 만나니 좋구나. 그동안 어떻게 지냈니?"

"굴에 처박혀 게임을 하고 만들었죠. 그랬더니 시간 가는 줄도 몰랐어요."

"게임이라니, 마침 잘되었구나."

"네?"

카미엘 부부는 자신들이 구상한 아이템을 손자에게 알려주었다.

그러자 그의 얼굴에 웃음꽃이 피었다.

"오호라! 그런 엄청난 프로젝트가?!"

"어떠냐? 괜찮겠느냐?"

"물론이죠! 지금과 같은 과도기엔 이런 사탕이 꼭 필요합니다!"

"그렇게 생각한다니 다행이구나."

"그나저나 고모와 카트리나 아줌마도 알아요?"

"아직 몰라. 기별을 해두었으니 이제 와서 얘기를 듣겠지."

"으음, 그렇군요."

"아무튼 간에 두 사람이 도착하면 바로 시작할 수 있도록 네가 판을 좀 짜려무나."

"네, 알겠어요. 맡겨만 두세요."

오랜만에 살아 있음을 느끼는 아델이다.

＊　　　　　＊　　　　　＊

리나와 카트리나는 함께 엘븐테라의 광물을 연구하고 그것이 어떻게 하면 인류에 도움이 될지 연구하였다.

벌써 천 년을 이어온 엘프족 문명이기에 고도의 발전을 이루었지만 언젠가는 벽에 부딪칠 수도 있겠다는 생각을 한 것이다.

그나마 몬스터가 있는 세상이었다면 수렵을 통해서 적당히 충당이 가능하겠지만 그것은 또 다른 도박을 자행하는 꼴이다.

한창 연구에 빠져 있던 리나와 카트리나는 카미엘의 호출을 받고 북부대륙으로 한 달음에 달려왔다.

리나는 쌍둥이를 보자마자 기쁨에 소리를 질렀다.

"얘들아!"

"고모!"

"이 녀석들, 어디서 뭘 하고 있던 거야? 연락이 안 되어서 고모가 너무 서운했어."

"죄송해요. 저희들도 정체가 탄로 나지 않게끔 잠적하느라 그랬어요."

"그래, 이해는 해. 하지만 다음부터는 그런 일 없었으면 좋겠어."

"그럴게요."

카미엘은 두 사람에게 악수를 건넸다.

"두 사람 모두 살아 있었군."

"몇 번 죽을 고비가 있긴 했는데 그럭저럭 괜찮았어."

카트리나와 리나는 카미엘에게 이번에 자신들을 호출한 이유에 대해서 물었다.

"그나저나 우리를 보자고 한 이유가 뭐야?"

"다름이 아니고……."

그는 두 사람에게 게임에 관한 얘기를 해주었다.

그러자 두 사람이 반색했다.

"오호라, 제법 괜찮은 생각인데?"

"그렇지?"

"그럼 망설일 것 없지. 당장 시행하자고."

"안 그래도 이미 아델이 판을 짜고 있어. 이제 이것을 엘프족에게 보급하기만 하면 새로운 세상이 열리겠지."

"으음."

"우리는 초대형 서버를 구축하고 그것을 무료로 오픈할 거야."

"좋은 생각이군."

"그럼 지금 당장 작업에 착수하자고."

"본사는 어디에 둘 건데?"

"북부 지역에 두는 것이 좋겠어. 이곳은 중립 지역이고 치외법권이니 정체가 탄로 날 일은 없을 거야."

"잘되었군."

카미엘은 이곳 지하에 본사를 두고 서버를 건설하기로 했다.

공사 시작 한 달 만에 서버와 본사가 완성되었다.

이제 이것을 엘븐넷상에 유포하고 접속이 가능한 기계들을 보급하는 것이 관건이었다.

카미엘은 어스 컴퍼니라는 회사를 세우고 기계들을 저렴한 값에 보급하는 계획을 세웠다.

엘븐테라에는 수많은 나라와 왕국이 있고 그들 산하에는 대기업과 중소기업 등이 자리를 잡고 있다.

생활수준이 아주 높은 엘븐테라이지만 이윤을 창출하여 생활하는 사회 구조는 지구와 별반 다르지 않았다.

카미엘은 어스 컴퍼니를 출범시킴과 동시에 공장을 가동시켜 수만 대의 기계를 찍어냈다.

이것은 TV 매체를 통하여 광고되고 엘븐넷을 타고 전 세계로 송출되었다.

지금까지 아린이 가지고 있던 광물과 아델의 재산을 일부 처분하니 마케팅 비용과 생산 비용 등이 충당되었다.

물건을 찍고 각 대륙에 대리점을 세우자 엄청난 반향이 일어났다.

사람들은 한 대에 100엘브나밖에 안 하는 기기들을 구매하고 집에 비치하는 것을 주저하지 않았고, 불과 한 달 만에 10억 대를 보급하는 데 성공하였다.

엘븐테라의 인구가 현재 100억에 육박하는 것을 생각하면 아직 갈 길이 멀다고 볼 수 있었지만 전 세계 인구의 1/10이 사용한다는 것은 엄청난 일이었다.

카미엘은 이 기계를 보급하고 구동시키는 운영 체계인 '삼척'을 보편화시켰다.

삼척은 각 대륙의 은행과 통신사를 연결하여 가상현실과 현실의 재화, 통신을 연동시켜 주었다.

또한 삼척의 운영 체제 안에 게임을 인스톨하여 구동시키는 것이기 때문에 삼척은 거의 필수적이라 할 수 있었다.

삼척을 통하여 처음 열 개의 게임이 보급되었다.

이 게임은 한 달 만에 가입자 10억을 넘겼고, 순식간에 전 세계 사람들의 입맛을 사로잡았다.

인기 순위 1위의 게임은 실시간 전투 시뮬레이션이자 가상현실 FPS게임인 '난전'이었다.

난전은 지구의 소총들을 그대로 재현하고 그 당시의 전투 방식, 전술 등을 교범으로 정리하여 보급한 후에 부대전투로 이뤄졌다.

적게는 1개 분대, 소대부터 중대와 대대, 연대, 사단, 심지어 군단전투까지 다향하게 즐길 수 있었다.

최대 60만 명이 한꺼번에 전투를 벌일 수 있으니 그야말로 전쟁을 방불케 하는 스케일이었다.

이는 순식간에 국가 대항전으로 바뀌어갔고, 가상현실에서의 승패 유무를 놓고 전 세계 생중계까지 이뤄졌다.

이를 통하여 새로운 스타플레이어가 탄생하였고, 그들은 전 세계적인 인기를 구가하였다.

*　　　　*　　　　*

제2차 난전 세계대전 본선 16강이 열리는 날이다.

엘븐테라의 140개 왕국이 참여한 이번 대회는 한 경기당 4박 5일 동안 치러지며 패자부활전이 없는 데스매치로 이뤄졌다.

경기가 있기 하루 전에 접속을 끝내놓은 유저들이 전장에 투입되어 공격과 방어를 번갈아가면서 진행하는데, 모인 유저 수가 많은 쪽이 유리할 수밖에 없었다.

무기는 각 나라에서 실제로 총기를 만들어 그것을 데이터화하여 사용하게 된다.

전투에 사용되는 총기, 야포, 미사일, 함선 등 모든 것이 대회 일주일 전에 데이터로 만들어져 보급 완료가 되었다.

이를 바탕으로 예선을 치렀고, 치열한 접전 끝에 16팀이 남았다.

중앙 대륙 에이스라 불리는 에파트라나 왕국과 서부대륙 우승 후보인 메크타리나 왕국이 16강 첫 경기를 치를 예정이다.

에파트리나 왕국의 총사령관 플레이어 지니언은 왕국 최고의 스타플레이어이자 개인전 랭킹 전 세계 5위를 기록하고 있는 랭커였다.

그는 동료 스타플레이어들과 전략을 짜고 각 유저들에게 승인을 받았다.

자신이 짠 전략이 잘 먹혀들기만을 바랄 뿐이다.

"후우……."

긴장감이 역력한 지니언에게 접속 대기 신호가 떨어졌다.

삐빅!

—플레이어는 접속기 안에 위치해 주십시오.

그는 접속기 안으로 들어갔다.

접속기는 캡슐 형식으로 되어 있는데, 그 안에서 영양분 공급이 이뤄지고 노폐물을 알아서 빼주기 때문에 며칠이고 들어가 있어도 상관이 없었다.

잠시 후, 지니언의 캡슐에 접속 액이 차오르기 시작했다.

—CNT 용액이 주입됩니다. 숨을 편하게 쉬세요.

"후우……!"

CNT 용액은 산소를 공급하는 물이기 때문에 폐부 안으로 들어가 직접 작용한다. 때문에 물속에서 숨을 쉬는 것은 당연한 일이다.

잠시 후, 지니언이 눈을 떴다.

그가 눈을 감았다가 뜨니 거대한 절벽과 숲, 그리고 강과 호

수, 계곡으로 이뤄진 전장이 모습을 드러냈다. 그리고 그 너머론 희미하게 빌딩 숲도 보인다.

게임 시스템은 그에게 총기류 선택의 기회를 주었다.

─어떤 총기를 사용하시겠습니까? 대회가 개최되는 주간에는 해당 국가가 개발한 총기를 사용할 수 있도록 제한됩니다.

그는 왕국의 기술자들이 만들어낸 저격총을 선택하였다.

─저격수 포지션을 선택하셨습니다. 그럼 직책에 맞는 전장으로 이동합니다.

지니언은 70만 유저를 총괄 지휘하는 원수의 자리로 나아갔다.

전장은 500제곱킬로미터로서 도시를 숲이 감싸고 있는 형식이었다.

─전장, 분지입니다.

분지에 입성한 지니언은 대회마다 리뉴얼되는 맵의 정보부터 살폈다.

사전에 공지는 되었지만 실제로 체험하는 것은 오늘이 처음이기 때문에 익숙할 수가 없었다.

그러나 그는 전 국민의 지지를 받는 원수였고, 이 전투를 승리로 이끌어야 한다는 책임감이 있었다.

초인적인 집중력을 통하여 전장의 사전 정보를 외워 나가던 그에게 동료들이 찾아왔다.

"지니언, 준비는 되었겠지?"

"물론."

"오늘도 우리를 잘 이끌어줘. 국민들이 우리의 지휘를 받고 있다고."

"알고 있어."

스타플레이어가 지휘관으로 선정되는 그는 자신의 참모진과 각 부대장을 지정할 수 있는데, 오늘의 참모들은 그가 분대전투를 할 때마다 함께하는 분대원들이었다.

랭킹 100위 안에 드는 뛰어난 실력자들이지만 전장에는 항상 변수라는 것이 작용한다.

"긴장하자고."

"알겠어."

그는 통신 시스템을 통하여 전 군에게 명령을 하달하였다.

"자, 그럼 전투를 준비하겠습니다. 오늘 우리는 방어입니다. 아시겠지만 제가 있는 원수궁이 털리고 국가를 상징하는 깃발을 빼앗겨 한 시간이 지나면 우리가 지는 겁니다."

그의 명령을 받은 각 유닛과 그 부대장이 채팅을 보내왔다.

—물론이죠.

—열심히 하겠습니다!

—지니언 님만 믿어요!

원수에 대한 믿음이 아주 남다른 것은 좋지만 그에겐 엄청난 부담이었다. 그러나 그는 최대한 침착함을 유지했다.

잠시 후, 전쟁이 시작되었다.

위이이이이잉!

[전쟁을 시작합니다. 원수님께선 각 부대에 명령을 하달하십시오.]

그는 자신의 눈앞에 있는 부대장 선택 버튼을 눌러 재빨리 명령을 하달하였다.

제1군단부터 차례대로 다섯 번의 명령을 내린 후 그 예하 부대의 상태를 체크하였다.

지니언의 동료들이 다행히도 부대장들과 소통하여 전장을 잘 관리하고 있었지만 문제는 상대방이 공격을 해올 때 터질 것이다.

대략 한 시간 후, 적의 포화가 떨어져 내렸다.

"적 포탄 낙하!"

삐비비비빅!

그는 벙커 안으로 들어가 적의 포화를 피해냈다.

콰아아아앙!

사방으로 화약과 돌멩이가 튀면서 피부로 전쟁이 체감되었다.

지니언은 인터페이스를 통하여 전장의 피해 상황을 보고 받았다.

―포탄 낙하로 인한 피해: 전사 5천, 부상 2만 5천.

"제기랄, 첫 공격에 이렇게 많은 피해를 입으면 앞으로 4박 5일을 어떻게 버티나?

그는 최대한 적을 옭아매기로 했다.

"공격 파괴 사격 명령을 하달하겠습니다. 각 포대장님과 해상 전력, 공군 전력은 스탠바이 해주세요."

―네, 알겠습니다!

전쟁은 육지에서만 벌어지는 것이 아니다.

해상과 공중 전력 역시 함께 동원되어 지상으로 돌격하는데, 수상 병력과 공중 병력은 사실상의 교전은 공격 수단 하나당 한 명씩만 배치된다.

잠시 후, 항공모함에서부터 공격이 시작되었다.

휘이이잉, 콰앙!

―적진에 폭격을 떨어뜨렸습니다.

―공격 파괴 사격이 성공적으로 이뤄졌습니다.

―적 피해 상황: 전사 5만 명, 부상 1만.

그는 쾌재를 불렀다.

"그렇지!"

앞으로 이렇게만 된다면 우승은 따놓은 당상이다.

*　　　*　　　*

전쟁 시뮬레이션이 인기를 구가하고 있는 가운데, RPG와 격투기 시뮬레이션 역시 쏠쏠한 재미와 대회의 인기를 끌어냈다.

이종격투기를 가상현실로 가져다 놓고 그것을 단련하고 대회를 열어 개최하니 그 인기가 대단하였다.

또한 검과 마법을 사용한 전투가 상용화되어 대단한 인기를 구가하였고, 지구에서 열풍이 불었던 리니비 역시 상용화되어 전 세계적인 히트를 기록하였다.

그 이후로 꽤 많은 게임이 쏟아져 나왔지만 전쟁 시뮬레이션을 이길 만한 게임은 없었다.

카미엘은 게임 내에서 번 돈을 환전하여 사용할 수 있는 가상현실 상점을 구축하여 도입하였는데, 이것도 엄청난 히트를 기록하였다.

덕분에 카미엘은 현실 세계의 폭력성과 허영심을 풀어내는 데 성공하였다.

하지만 게임에 대한 역기능들이 점점 고개를 들었다.

게임에 미쳐서 생산 활동을 포기하고 스스로 백수의 길을 선택하는 젊은이들이 생겨난 것이다.

그러나 카미엘은 이것이 심각한 사회 문제로 부각되지 않는다면 크게 터치하지 않을 생각이다.

실제 전쟁이 일어나 피가 터지도록 싸우는 것보다는 낫다고 생각했기 때문이다.

약간의 진통이 예상되긴 했지만 어찌 되었든 간에 카미엘은 다시 한번 평화를 되찾은 것이다.

이제 카미엘은 다시 세상을 등지고 새로운 여행을 시작하기로 했다.

이번 여행은 회사를 대륙회의에 매각하고 접속기가 갖추어진 배를 타고 동료들과 다 함께 시작할 예정이다.

게임을 좋아하는 아델이 있기도 했지만 평생 술만 마시고 살수는 없으니 가끔씩 게임을 개발해서 해보자는 취지였다.

카미엘은 모두가 잠든 틈을 타서 배를 띄웠다.

쏴아아아아!

밤을 틈타 망망대해로 나오니 상쾌한 바람이 그를 기다리고 있다.

이제는 함께하게 된 동료들이 갑판 위로 나왔다.

"카미엘, 한잔하자고!"

"좋지."

그는 손자 손녀까지 동원해 놓고 술판을 벌였다.

꿀꺽꿀꺽!

"크흐, 좋다!"

"그런데 카미엘, 지구는 어떻게 되었대? 잘 지내고 있대?"

"라디오를 들어보니 잘 지내는 것 같아."

"아직도 라디오를 쓰는 사람들이 있구나. 천 년이 지났는데 말이야."

"아니, 그게 아니고 지구의 시간은 이곳과 다르게 흐르는 것 같아. 이곳에서는 천 년이 지났지만 그곳에선 불과 10년쯤 흐른 것 같더라고."

"오호, 그래?"

"여전히 라디오를 사용하고 있어서 소식이 간간이 들려와."

카미엘은 지구에서 실수로 라디오를 가지고 왔는데, 그 라디오가 작동되어 지구의 소식을 수신해 주었다.

과연 이게 어떻게 된 영문인지 알 수 있는 방법은 없었지만 덕분에 지구의 소식을 듣게 되어 좋았다.

"몬스터는 토벌되었지만 새로운 에너지원이 생겨나서 생활이 풍족해졌나 봐. 이제 에너지의 고갈 때문에 싸울 일은 없어진 것이지."

"이럴 땐 몬스터들이 꼭 나쁜 일만 한 것은 아닌 것 같다는 생각이 들어."

"뭐, 생각에 따라선 그렇지."

가만히 얘기를 듣고 있던 아델이 물었다.

"그런데 할아버지, 그 얘기, 우리가 살던 지구에서 온 것이 맞을까요?"

"그게 무슨 말이냐?"

"혹시 세계선 이론이라고 들어보셨어요?"

"아아, 쿤타가 역설하던 그 이론 말이냐?"

"지금은 놈이 스스로 힘과 지식을 잃고 데이터가 되어서 자세한 것은 알 수가 없지만 한때 그 얘기를 심도 있게 해보았어요."

"으음, 그랬구나."

"아공간 안에는 같은 모습의 세계가 몇 개 더 있대요. 아니, 어쩌면 무한히 많은 세계가 더 공존할 수도 있다고 하더군요. 그는 공간과 공간을 넘어 다니면서 가끔 엉뚱한 세계선에 불시착한 적이 몇 번 있대요."

"나에겐 그런 소리를 안 하던데?"

"저에겐 했어요. 그래서 한때는 또 다른 지구를 찾아서 떠날까도 생각했지만 세계선이라는 것이 어디에 어떻게 존재하는지 알 수가 없어서 마음대로 할 수 없다고 하더군요."

"그렇군."

아델의 얘기를 듣고 나니 카미엘은 세계선을 여행할 수 있는 기계를 만들었으면 좋겠다는 생각을 해보았다.

하지만 그것은 또 다른 혼란을 야기하는 일이다.

"흥미롭긴 하구나. 하지만 그것은 그냥 이론으로 끝나야 할 얘기 같아. 이것에 호기심을 품어 공간여행을 시작한다면 과연 무슨 일이 일어날지 아무도 모르잖아?"

"그래요, 맞아요. 요즘처럼 공간마법이 발달된 시대엔 더더욱 그렇죠."

사실 공간마법의 원리를 아는 사람은 쿤타와 카미엘뿐이다.

기계를 설계한 사람은 분명 아델과 카트리나이지만 공간이동 마법의 원리는 정확하게 알지 못했다.

그나마 쿤타가 오랜 시간의 방랑을 이기지 못하고 스스로 공멸했기 때문에 아는 사람은 카미엘 한 사람뿐이었다.

그는 스스로가 호기심을 품지 않으면 된다고 생각했다.

"아공간을 연구하는 사람들이 아직 있나?"

"아니요, 없어요."

"그래, 그럼 평생 이상한 일 벌어질 일은 없겠구나."

리나가 술에 취해서 웃으며 말했다.

"헤헤, 그거야 모르지! 어떤 미친놈이 또 포털을 뚫고 올지 말이야!"

"그건 불가능해. 만약 천족에 버금가는 권능을 가진 존재가 있다면 또 몰라도."

"쿡쿡쿡! 넌 상대성이론도 안 배웠어?! 지구에서 몇 년을 살았는데?!"

"하긴."

술김에 한 얘기이지만 리나의 말도 틀린 것은 아니었다.

"그렇다고 지구에서 사람이 오기야 하겠어?"

"쿡쿡, 모르지!"

카미엘과 일행은 오늘도 역시 술로 밤을 지새웠다.

외전
이계의 드래곤

태조 7년.

고오오오오!

거대한 유성 여섯 개가 검붉은 불꽃을 내뿜으며 떨어져 내렸다.

백성들은 이 불꽃을 성군의 탄생을 예고하는 불꽃이라고도 하였고 어떤 이들은 고려를 배신한 이성계를 벌하기 위한 심판의 불꽃이라고도 하였다.

여섯 개의 불꽃은 칠 주야를 하늘에 둥둥 떠 있었다.

불꽃이 오래 떠 있으니 점점 민심을 흉흉하게 하였다.

와병 중인 태조가 신벌을 받았다는 둥 곧 왕조가 바뀐다는 둥 별의별 말이 많았다.

도승지 정진이 쓰러진 태조의 곁으로 다가와 섰다.

이성계가 말했다.

"…흉흉한 소문이 돈다지?"

"괘념치 마소서. 곧 사라질 이변이옵니다."

이윽고 한성부판윤 성석린이 들었다.

"전하, 신 한성부판윤 성석린이옵니다."

"들라."

성석린은 힘없이 누운 이성계를 바라보며 무겁게 읍하였다.

"전하……!"

"꼴이 아주 말이 아니로군."

"망극하옵니다!"

지금은 상선을 빼곤 기거하고 있지 않은 밀실이다.

성석린은 어렵게 입을 열었다.

"전하, 불이 졌사옵니다."

"그러한가? 다행이로군."

"한데 여섯 개의 불이 사방으로 흩어진 후에 오로지 하나만이 한성 천장에 둥둥 떠 있다가 땅속으로 숨어버렸사옵니다."

"땅으로 숨었다?"

"관악산 초입쯤으로 파고들었사옵니다만, 그 후엔 아무런 움직임도 없사옵니다."

"정말 괴기스러운 일이로고."

"현재 병부에서 조사대를 파견하였사옵니다. 곧 소식이 당도할 것으로 사료되옵니다."

"그렇군."

그의 말이 끝나기가 무섭게 판관 정천태가 들었다.

"신, 판관 정천태라 하옵니다!"

"들라."

정천태는 태조의 앞에 넙죽 엎드려 읍하였다.

"감히 용안을 뵈옵니다!"

"고개를 들라."

태조가 정천태의 용모를 살펴보니 용맹하고 기골이 장대하나 눈빛이 흔들리고 있었다.

병석에 누운 태조가 물었다.

"그곳에서 무엇을 보았던가?"

"…괴, 괴물이 득실거리고 있었사옵니다."

"괴물?"

정천태가 태조의 앞에 괴물의 목을 내려놓았다.

쿠웅!

괴물의 목은 죽었으나 죽지 않은 형상이었다.

딱딱딱!

크하아아악!

"칼로 찔러도 죽지 않고 활로 쏴도 죽지 않사옵니다. 그나마 머리를 베어 불태우면 숨이 달아나는 것 같사옵니다."

"세상에……"

성석린이 정천태에게 말했다.

"당장 머리를 치워라!"

"예!"

"전하, 설악산 초입을 봉쇄하고 이것들의 창궐을 막아야 할 것으로 아뢰옵니다!"

태조가 도승지를 바라보았다.

"…도승지."

"예, 전하."

"이 일을 아무에게도 알리지 말라."

"하오면……"

"이것들을 토벌하여 석관으로 만들고 비석으로 봉하여 마치 없던 일처럼 하라."

개국 초기이다.

초기부터 흉흉한 사건이 발생한 것으로 모자라 목을 베어도 죽지 않는 괴물이 나타났음은 너무나 해괴한 일이었다.

여섯 개의 불이 떠오른 것만으로도 민심이 흉흉해졌는데 괴물이라니, 있을 수도 없는 일이었다.

이성계는 조용히 눈을 감았다.

"…실록에서도 이와 같은 일이 벌어졌다고 나오지 않아야 할 것이다."

"예, 전하!"

태조 7년, 괴수들이 제압되었고, 그들은 영영 땅속에 묻혀 사람들의 기억 속에서 잊혀갔다.

*   *   *

음습한 분위기가 감도는 지하실 안.

똑똑.

천연동굴을 개조하여 만든 이 지하실 안은 형형색색의 혈흔이 낭자해 있었다.

그중에서도 단연 가장 눈에 띄는 것은 인간의 새빨간 선혈이었다.

빨간 혈흔의 주인공은 금발을 허리까지 늘어뜨린 준수한 외모의 청년이었다.

모진 고문을 통하여 살과 뼈가 너덜너덜해진 청년이었지만 눈빛만큼은 그 이채가 고스란히 살아 있었다.

하지만 피를 너무 많이 흘려서 이제 곧 숨을 거둘 것으로 보였다.

끼이익.

고개를 아래로 떨군 청년에게 한 사내가 다가왔다.

그는 뾰족한 귀와 눈부시게 빛나는 은발을 가진 미모의 청년이었다.

"빌어먹을 엘프족."

"후후, 아직도 말을 할 기운이 남아 있는 모양이군."

"기회만 주어진다면 네놈의 모가지를 따버릴 수도 있다."

"큭, 여전히 입만 살았군."

금발의 청년은 피를 흘리며 죽어가는 동안에도 그를 비판하였다.

"미친놈들, 실험체를 진화시켜서 병기를 만들어낼 생각을 하다니, 어떻게 그런 미친 생각을 할 수가 있는 거지?"

"마나 융합술의 산물이라고나 할까? 생명을 재창조한 위대한 업적을 달성한 것이지."

"…미친놈, 창조는 신의 영역이다. 네놈이 감히 왈가왈부할 수 있는 것이 아니란 말이다."

"뭐, 그거야 관점에 따라 다른 것이고. 아무튼 생명체를 탄생시킬 수 있는 종족은 우리 엘프족뿐이다.

금발의 청년은 실소를 흘렸다.

"후후, 생명체라……. 하긴 놈들도 피와 살을 가졌으니 생명체라고 할 수 있지. 그러나 괴성이나 지르면서 네 발로 기어 다니는 놈들을 종족이라고 칭할 수가 있는 것인가?"

"종족? 종족이라고 한 적은 없어. 그냥 우리의 충실한 몸종을 만들어 부려먹을 뿐."

"하지만 언젠가 그 괴물들이 너희들을 잡아먹게 될 것이다."

"상상력이 풍부하군. 지그르트는 정신 통제를 매개체로 삼아 유기체처럼 움직인다. 놈들의 덩어리는 우리 몸의 일부라는 소리지."

"오만이다."

"아니, 마나 융합술의 승리지."

마나 융합술은 유프라니아 계의 패자 하이엘프 제국을 떠받치고 있는 초고도 문명의 기초라고 할 수 있는 학문이다.

정령력과 자연의 진기로 이뤄진 에멘탈 크리스털을 바탕으로 이뤄진 마나 융합술 문명은 하이엘프에게 무한한 힘을 주었다.

자연을 사랑하던 하이엘프는 마나 융합술을 대륙을 살기 좋은 곳으로 바꾸는 데 사용했다.

그러나 마나 융합술 문명이 세워지고 난 지 1,200년 후, 하이엘프는 점점 타락하기 시작했다.

중간계 5개 대륙을 모두 장악하여 식민지를 건설하고 보이는 모든 생명체를 잡아다 생체실험을 자행했다.

식민지에서 나오는 막대한 자원으로 도시를 건설하고 생명체 실험으로 만들어낸 노예들로 노동력을 충원한 것이다.

이때, 하이엘프는 지그르트라는 무지성체 몬스터를 생체실험으로 만들어냈다.

지그르트는 고대문명에서부터 시작된 몬스터들과 야생의 동식물을 섞어 만들어진 일종의 키메라였다.

동물의 형태를 띤 지그르트도 있고, 식물의 형태를 띤 지그르트도 있었고, 심지어는 동물과 식물의 애매한 기로에 있는 개체도 있었다.

하이엘프는 지그르트를 단순 노동에 동원하거나 자원 조달을 위해 학살하기도 했다.

개중에는 유사인종들이 태어나기도 한 지그르트였지만 그들 역시 노역에 동원되거나 학살의 표적이 되어버렸다.

한마디로 하이엘프들에게 지그르트는 하등 생명체, 미물 그 이상도 이하도 아니었다.

그저 발에 치이면 밟아 죽이는 그런 하등 생물체로 취급한 것이다.

더군다나 여기에 하이엘프의 라이벌이자 유일한 천적이던 마족연합군이 생체실험에 참여하면서 지그르트의 희생은 더욱더 본격화되기 시작했다.

이런 지그르트의 탄생과 혹사를 걱정스럽게 지켜보며 실험을 반대한 세력이 있었으니 그들이 바로 드래곤 일족이었다.

드래곤 일족은 중간계를 지탱하는 4대 신수 중 하나로서, 차원을 수호하고 중간계를 조율하는 조익자의 역할을 해왔다.

하지만 하이엘프는 자신들이 세상의 중심이라는 오만함과 자만함에 빠져 조율자인 드래곤 일족과의 전쟁까지 선포하며 지그르트와 마나 융합 기술을 발전시켰다.

그러나 지그르트는 수만 개의 유전자 정보를 가지고 있으며 그 어떤 형태로든 진화할 수 있는 기반을 갖추고 있었다.

드래곤 일족은 하이엘프와 전쟁을 치르면서도 이들이 지그르트에게 먹혀 흔적도 없이 사라질까 봐 걱정하였다.

지그르트는 생체실험으로 태어난 존재이기 때문에 에멘탈 크리스털을 영양분으로 하여 얼마든지 진화가 가능했다.

이 그릇된 진화가 중간계를 파괴시킬 것이 분명했다.

드래곤 일족의 장로이자 상아탑의 주인인 류미엘은 하이엘프 제국의 황제 미카엘라에게 물었다.

"…도대체 어디까지 타락할 생각인가?"

"타락이라……"

스릉!

미카엘라는 순백색 레이피어를 꺼내 들었다.

그러곤 그것으로 류미엘의 목덜미를 툭툭 찔렀다.

툭툭툭!

날카롭게 벼려진 레이피어에 목을 찔린 류미엘은 아주 조금씩 목으로 선혈을 뱉어냈다.

미카엘라는 그의 피를 검 끝으로 슬슬 건드리며 말했다.

"케케묵은 틀에 박힌 드래곤 일족은 멍청해졌다. 이젠 정말로 그 정신머리를 개조할 수 없을 지경에 이르렀구나."

"……."

"잘 가거라."

미카엘라는 오랜 친구인 류미엘의 목덜미를 레이피어로 꿰뚫어 버렸다.

푸하아아악!

류미엘은 죄수용 의자에 앉은 채 죽어갔다.

* * *

쿠르르릉, 콰앙!

하늘이 무너져 내리고 있다.

골드 드래곤 미카엘은 욕지거리를 씹어뱉었다.

"빌어먹을, 천하의 드래곤인 내가……!"

유프라니아 계를 관장하는 4대 신수 중 하나로 일컬어지는 드래곤 일족의 수장이자 대현자로 불리는 미카엘이다.

그는 무너지는 중간계를 되살리고자 아버지의 유산인 '드래곤의 영토'까지 사용하여 몬스터와 격전을 치렀다.

그러나 그 모든 것은 허사로 돌아가고 말았다. 지그르트, 그러니까 현재 통칭 몬스터라 불리는 하이엘프 제국의 실험체가 제국을 무너뜨리고 드래곤 일족까지 멸망으로 몰아넣은 것이다.

쩌저저적!

미카엘이 밟고 서 있던 중간계의 지반이 무너져 내렸다.

"제기랄!"

유프라니아 중간계는 무너지고 지하와 중간계가 통합되어 몬스터와 마족의 싸움이 벌어질 것이다.

이미 마족은 100년 전부터 결사항전을 준비하고 있었으니 얼마간 농성이 가능할지도 모른다. 그러나 그것도 얼마나 갈지는 미처 알 수가 없었다.

"…크윽!"

추락하는 미카엘의 눈동자에 아버지가 일군 드래곤의 영토가 보인다.

그는 아버지의 마지막 유산이자 기억 그 자체인 드래곤 영토를 향해 손을 뻗었다.

"아버지……!"

죽는 순간까지 아들을 위해 자신의 모든 것을 희생한 아버지가 점점 흩어져 간다.

미카엘은 피눈물을 흘렸다.

"…이렇게 우리 드래곤 일족과 중간계가 사라져 가는구나!"

팟!

그는 끝내 정신을 잃고 말았다.

*　　　　*　　　　*

지구에는 총 두 번의 폭발이 있었다.

첫 번째 폭발은 조선 초기에 일어났으며 두 번째 폭발은 1980년대에 일어났다.

1986년, 지구의 두 번째 대폭발이 일어났다.

미미한 피해를 입히고 끝난 지구 1차 대폭발과는 달리 이는 인류에게 엄청난 피해를 안겨다 주었다.

두 번째 폭발로 인해 전 세계 인구 1/3이 죽었으며 영토의 절반이 황폐화되었다.

이것은 인류에게 최악의 피해를 남긴 2차 세계대전과도 비교가 불가하였다.

절망과 비명만이 남은 이 땅에 설상가상으로 정체불명의 괴생명체들이 창궐하기 시작하였다.

'몬스터', 혹은 '살육자'라 불린 이 생명체들은 빠른 속도로 인간을 도륙하며 그들의 터전을 빼앗았다.

오대양 육대주에 걸친 15개 지역에서 몬스터가 처음 창궐하였고, 그곳을 거점으로 살육자들은 점점 빠른 속도로 퍼져 나갔다.

학자들은 해당 구역을 '던전'이라 칭하였고, 그 하위 거점들을 던전의 '섹터'로 명명하였다.

던전이 점점 더 많은 섹터들을 거느리게 되면서 인류는 서서히 궁지로 내몰리게 되었다.

하나 궁지에 몰린 쥐는 고양이를 무는 법이다.

전 세계는 병력을 하나로 합치고 그들을 몬스터의 출몰 지역 인근에 집중 배치하였다.

국경이나 이해관계, 이 모든 것이 사라지고 오로지 생존을 위한 투쟁만을 생각하는 진정한 통합을 이룬 것이다.

그러던 도중 인류는 몬스터의 신체 중심에 있는 내핵이 힘의 근원이라는 사실을 알아냈다.

내핵이 뿜어내는 에너지는 핵융합 발전과 비교 불가한 수치를 냈기에 이것을 통한 발전은 가히 혁신적이라 할 수 있었다.

인류는 몬스터의 내핵, 즉 'M코어'를 기반으로 도약을 시도하였다.

내핵에서 추출한 에너지로 무기를 만들고 건물을 증축하여 단 1년 만에 눈부신 발전을 이룩했다.

결국 지구대폭발 3년 만에 몬스터와의 싸움에서 승리하여 그들을 발원지 안에 가두는 데 성공하였다.

인류는 이 역사적인 사건을 들어 '승리의 날'이라고 지정하고 모든 국가의 국경일로 지정했다.

승리의 날을 기점으로 국가는 다시 영토를 회복하고 자치정부의 기능을 강화하여 대폭발 이전의 사회로 되돌아갔다.

인구는 절대적으로 모자랐지만 M코어 발전이 가져다준 고도의 발전이 그 공백을 채워 나갔다.

그 후로 30년이 흘렀다.

서울 관악구에 위치한 백제고등학교.

탁탁!

현대사 수업이 한창이지만 학생들은 하품이나 쩍쩍 해대고 있다.

"…그래서 M코어 발전이 인류에게 눈부신 도약을 가져다주었다."

백제고등학교 현대사 교사인 이정미는 칠판에 지구대폭발과 그에 대한 의의 등을 빼빼하게 적어놓았다.

그녀는 꾸벅꾸벅 졸고 있는 한 여학생을 지목하였다.

"예린아?"

"츄릅!"

예린은 정신을 번쩍 차렸다.

"네, 네?!"

"M코어 발전의 원형이자 인류가 최초로 몬스터에게 승리를 거둔 수단에는 뭐가 있지?"

그녀는 멋쩍은 미소를 지었다.

"헤헤, 그러니까……."

"그러니까?"

이정미는 예린에게 다가가 초콜릿을 건넸다.

"당이 떨어졌니? 벌써 그럴 나이인가?"

"그, 그건 아니지만……."

"매일 밤마다 웹소설이나 보니까 잠이 모자라지."

"헤헤, 어떻게 아셨지?"

이정미는 장래 희망이 작가인 예린의 손을 꼭 잡았다.

"자, 모두 알겠지만 '코어 출력기', 혹은 잠재능력 프린터라고
도 불리는 이 물건은 인간의 신체 능력과 성향, 잠재능력을 무
기의 형태로 출력하는 기능을 가지고 있어. 고도로 훈련된 신
체와 전투에 걸맞은 성향, 그리고 인간의 무한한 잠재력이 삼위
일체가 되어 인간을 완벽한 전투병기로 재탄생시킨 것이지."

"그렇다면 예린이에게 코어 출력기를 가져다 붙이면 어떤 무
기가 출력될까요?"

"글쎄? 망상폭격기?"

"하하하하!"

예린은 한바탕 웃음을 터뜨리는 학우들을 바라보며 짐짓 심
각한 표정을 지었다.

"으음, 망상폭격기라……. 나쁘지 않아. 이참에 헌터로 나서

볼까?"

"아서라. 헌터는 아무나 하냐?"

이정미는 예린의 머리에 꿀밤을 넣었다.

콩!

"아얏!"

"그만 앉아, 망상폭격기."

"헷, 꿀밤 한 대에 초콜릿 하나면 나쁘지는 않네요."

"…하여간 못 말린다니까."

고개를 가로저은 이정미는 시계를 바라보았다.

"으음, 5분쯤 남았는데 숙제나 좀 내볼까?"

"아아!"

"조용. 다들 각오는 하고 있었잖아?"

이정미는 칠판에 이번 과제에 대한 글귀를 적어 내려갔다.

드르르르륵!

분필이 칠판에 닿지 못하고 미친 듯이 춤을 추었다.

순간, 이정미의 고개가 좌로 살짝 기울어졌다.

"어라?"

"지, 지진인가?!"

그녀는 자신이 매일 붙잡고 사는 칠판이 마치 사시나무 떨리 듯 진동하는 것을 목격하였다.

이정미는 학생들을 의자 밑으로 피신시켰다.

"모두 대피 교육 시간에 배운 대로 행동해! 이 학교는 내진 설계가 철저히 되어 있으니까 밖으로 나가는 것보다는 이 안에 있는 것이 안전할 거야!"

몬스터가 인류를 침공하면서 생긴 가장 큰 변화는 생활 안전과 재해 재난에 대비하는 능력이 향상되었다는 것이다.

학생들이 책상 밑으로 피신하자 학교의 창문에 두꺼운 철벽이 올라왔다.

위잉, 철컹!

M코어 발전으로 인류의 기술력은 비약적으로 상승하였고, 재난에 대비하는 수단도 그만큼 발전하였다.

혹시나 모를 몬스터의 파상 공세에 대비하여 학교는 재난 경보가 울리자마자 거의 요새 수준으로 변신한다.

이정미는 핸드폰을 열어보았다.

―제1급 재난경보! 지금 당장 지정된 대피 장소로 피하시고 가정에 계신 분들은 지금 당장 방공 기능을 활성화해 주십시오!

그녀는 이것이 단순한 지진은 아닐 것이라고 생각했다.

3급 재난경보는 자연재해를 뜻하고 2급 재난경보는 몬스터의 출몰이 있을 때 발령된다.

'1급이라니, 뭔가 심상치 않은 일이 일어나고 있는 것이 분명해.'

지금까지 1급 재난경보가 발령된 적이 딱 한 번 있었다.

그것은 바로 지구대폭발이 있던 시기이다.

아이들이 불안에 떨었다.

"서, 선생님, 이제 어떻게 해요?"

"괜찮아! 요즘은 방호시설이 잘되어 있어서 예전처럼 큰 피해를 입지는 않을 거야."

그녀는 교탁 아래에 있는 공간으로 불안에 떠는 아이들을 불러들였다.

"희진이, 유미, 성아, 예린이, 이쪽으로 와. 선생님과 같이 있자."

"네!"

이정미는 네 명의 아이를 품에 꼭 안았다.

덜덜 떨리는 아이들을 안은 그녀의 마음도 썩 안정되지는 않았다.

'제발……!'

눈을 꼭 감은 그녀의 귓가로 서서히 이명이 들려온다.

끼이이이잉.

순간, 그녀가 눈을 동그랗게 떴다.

"이, 이건……?!"

"선생님?"

그녀는 학생들에게 목 놓아 외쳤다.

"다들 귀를 막아! 어서!"

이정미가 아직 어린 시절, 그녀는 지구대폭발을 직접 경험하였다.

처음엔 이렇게 진동이 일어났고, 그다음엔 고막을 찢어버릴 듯한 고주파가 울렸다.

고막을 부여잡고 신음하던 이정미는 이내 고주파의 미친 선율이 멈추었다는 것을 깨달았다.

팟!

그녀는 학생들에게 다시 한번 외쳤다.

"모두 엎드려!"

이명이 울린 이후엔 검붉은 화염과 3,500헥토파스칼의 엄청난 압력이 이 땅을 휩쓸 것이다.

우우우우웅!

한차례 잔잔한 진동이 울린 후엔 어김없이 섬광이 번쩍였다.

번쩍!

이정미는 아이들을 더욱 꼭 끌어안았다.

"으으으으, 선생님!"

"괜찮아! 선생님이 지켜줄게!"

앞으로의 일이 어떻게 될지 한 치 앞을 몰랐다.

그것은 그녀가 눈을 질끈 감았기 때문이기도 하지만 두 번째 폭발은 도대체 어떤 방식으로 이뤄질지 알 수가 없었기 때문이다.

그렇게 얼마나 시간이 흘렀을까?

서서히 빛이 사그라지고 이 땅 위엔 잔잔한 금빛 오로라와 아지랑이만이 가득했다.

그녀가 눈을 떴을 무렵, 세상은 온통 금빛으로 물들어 있었다.

"이, 이건……."

"우와, 선생님! 하늘이 금색이에요! 땅도 금색이고 바람도 금색이에요!"

하늘과 땅, 바람, 심지어 공기마저 금색으로 물들어 마치 금빛 바다에 풍덩 빠진 것 같은 착각이 들었다.

휘이이잉!

바람에선 약한 오렌지 냄새가 났다.

"…도대체 뭘까?"

"선생님, 선생님도 이 현상에 대해선 모르세요?"

"응. 내가 겪은 폭발은 파괴를 일삼았지만 이건……."

"아름답네요."

"그래, 아름답구나. 달콤하기도 하고."

이정미와 학생들은 오래도록 그 장면을 바라보았다.

*　　　　*　　　　*

관악산 국기봉에 거대한 진동이 일어났다.

그그그그그!

전 세계 학자들은 관악산 장군봉이 지구대폭발의 진원지일 것이라고 추측했다.

관악산에선 폭발이 일어난 당시와 비슷한 에너지가 뿜어져 나오고 있었던 것이다.

하여 대한민국 정부는 관악산을 폐쇄 조치하였다.

지금까지 30년 동안 외부인의 출입이 없던 관악산은 멀리서 보기에 황량한 토지만 남아 있었다.

원래는 푸른 식물로 넘쳐나야 할 관악산이 민둥산이 된 것이다.

학자들은 이것이 대폭발을 일으킨 극 마이너스 에너지 때문이라고 추측하였으나 정확한 것은 아무도 알 수가 없었다.

학명 '섹터 오메가'에는 초목을 시들게 만드는 마이너스 에너지가 뿜어져 나오고 있었으니 살아 있는 생명체는 접근을 할 수 없었다.

때문에 학자들은 이곳을 연구하고 싶어도 접근 자체를 할 수가 없었다.

잠시 후, 그 진동이 서서히 잦아들었다.

쿠극.

진동이 사라지고 난 이후엔 국기봉 중앙에 있던 금색 석판이 들썩이며 주변의 공기를 불태우기 시작했다.

화르르르륵!

금색 불기둥이 짧게 솟아오른 후 그것이 사그라지며 마이너스 에너지 역시 점점 자취를 감추어갔다.

크아아아아앙!

사방으로 거대한 울음소리가 퍼져 나갔다.

온 산이 들썩일 정도로 거대한 울음소리였지만 장군봉 전체에 걸쳐 생성되어 있던 마이너스 에너지의 잔여물에 부딪쳐 금세 소멸되고 말았다.

금빛 날개와 거대한 꼬리, 탐스러운 갈기털을 가진 드래곤은 서서히 작아져 인간의 모습으로 변하였다.

대략 17세에서 18세가량으로 보이는 그의 눈동자는 황색이지만 머리는 검은색이었다.

"허억, 허억!"

미카엘은 흐물흐물한 곰치처럼 축 늘어져 하늘을 바라보았다.

그는 푸른 하늘에 자신의 두 손을 들어보았다.

"…살았나?"

이 세상의 그 어떤 생명체도 자신의 앞날을 예견할 수는 없다.

하지만 미카엘은 무한의 탑이 무너져 내리면서 자신은 분명 죽을 것이라고 생각했다.

"정말 인생은 모르는 것이군."

삼만 년 동안 살아온 미카엘이 얻은 단 하나의 해답이다.

자리를 털고 일어난 미카엘은 주변을 둘러보았다.

휘이이이이잉!

황량하고 메마른 바람에 축축하고 윤기가 도는 바람이 한데 섞여 있다.

미카엘은 이곳이 물질계와 무한의 탑 중간쯤 될 것이라고 생각했다.

"도대체 어떻게 된 것일까?"

가만히 누워 하늘만 바라보고 있던 미카엘의 눈에 다소 이채로운 광경이 보인다.

다다다다다!

거센 바람이 미카엘의 온몸을 휘감는다.

"으으으윽!"

가까스로 손을 들어 눈동자를 탁탁 치는 모래바람을 막았다.

그러나 미카엘의 눈동자에는 모래와 먼지가 한 움큼은 들어가 도저히 한 치 앞을 볼 수가 없었다.

잠시 후, 모래바람을 일으킨 비행물체 안에서 밧줄 두 개가 내려왔다.

휘이이이익!

그 밧줄을 타고 네 명의 인간이 내려와 미카엘에게 요상한 막대기를 들이밀며 외쳤다.

"손들어! 움직이면 쏜다!"

"⋯⋯?"

미카엘은 고개를 갸웃거렸다.

'이것들이 미쳤나?'

드래곤에게 인간은 인간이 바퀴벌레를 바라보는 것과 비슷했다.

입장을 바꾸어 생각해 보자면 지금 사람 앞에 바퀴벌레가 막대기를 들고 시위를 벌이고 있는 것이나 마찬가지였다.

한참을 미카엘에게 윽박을 지르던 인간들이 일순간 고개를 갸웃거렸다.

"어라? 대장님, 전화 좀 받아보시죠."

"전화?"

"아무래도 이 소년, 생존자인 것 같습니다."

"생존자?"

그는 미카엘에게 손을 내밀었다.

"자네, 이름이 어떻게 되는가?"

"나는 무한의 탑을 지배할 새로운 마신 미카엘이다."

남자는 쏩쓸하게 웃었다.

"쯧, 부모님도 잃고 기억도 잃은 모양이군."

"원래 중2병 기질이 좀 있었다고 합니다."

"그래?"

미카엘은 당연히 자신의 정체를 당당하게 밝힌 것이지만 저들의 입장은 그게 아닌 것 같았다.

"뭐, 아무튼 간에 병원으로 함께 가지. 가서 치료도 받고 우리와 함께 차근차근 얘기를 나누어보자고."

"……."

미카엘은 아무런 말도 할 수가 없었다.

*　　　　*　　　　*

서울 백제종합병원으로 가는 길.

삐용, 삐용!

한강대로변에 모여든 차량 사이로 미카엘을 태운 구급차가 달려가고 있다.

미카엘은 이곳이 어디인지 도통 알 수가 없었다.

'세상이 변한 것인가, 아니면 내가 차원이동을 한 것인가?'

그는 자신이 얼마나 잠들어 있었는지 가늠조차 할 수 없는 상태였다.

만약 탑이 무너져 내려 시간이 꽤 많이 흘렀다면 미카엘은 이 세상에 적응하는 데 꽤 애를 먹을 것이 분명했다.

미카엘을 구조한 사람들 중 한 여자가 그에게 가방을 하나 내밀었다.

"사고가 나기 전에 가지고 다니던 가방이래."

"…가방?"

"열어봐. 기억을 되찾는 데 도움이 될 거야."

이들은 미카엘이 기억을 잃은 소년이라고 굳게 믿고 있었다.

미카엘은 천천히 가방을 열어보았다.

가방에는 네 권의 책과 네모난 유리판 하나가 들어 있었다.

그녀는 심드렁한 표정의 미카엘을 바라보며 측은한 미소를 지었다.

"어때? 기억이 좀 나니? 보자. 책은 모두 소설이구나. 으음, 그래서 아까 마신이네 뭐네 했던 것이구나?"

"그건 내가 진짜 마신이라서……."

"그래, 누나도 그런 생각을 하던 시절이 있던 것 같아. 내 팔에서 파이어볼이 나간다면 어떨까, 뭐 이런 상상?"

미카엘은 기가 막혔다.

'이것들이 나를 농락하는 건가, 아니면 정말 내가 다른 차원으로 온 것인가?'

이윽고 그녀는 네모난 유리판을 가리켰다.

"우와, 최신형 노트북이구나. 이 정도 기종이면 돈을 꽤 줬겠는데?"

"노트북?"

"보아하니 스마트워치와 연동되는 것 같은데, 한번 열어봐."

미카엘이 노트북이라는 물건을 펼치자 각종 홀로그램이 그를 맞이했다.

　―반갑습니다, 이영우 님.

　그는 고개를 갸웃거렸다.

　"영우?"

　"그래, 영우. 네 이름이 영우야. 이영우. 관악산 아래 백제고등학교에 재학 중이었지."

　"백제고라……."

　도통 무슨 소리를 하는 것인지 알아들을 수가 없었다.

　미카엘은 홀로그램이 사라지자 한 여고생의 얼굴과 마주하였다.

　―영우야, 지금 어디야?! 너무 걱정되니까 어서 연락 줘! 기다리고 있을게!

　그는 이번에도 고개를 갸웃거릴 수밖에 없었다.

　"이건 또 뭐야?"

　"우와, 예쁘다! 누구야? 여자친구?"

　"……"

　미카엘은 속으로 그녀를 타박하였다.

　'친구인지 나발인지 내가 그걸 어떻게 알아? 이 멍청한 놈들, 애초에 나는 이영우라는 인간이 아니란 말이다.'

　그는 가슴 속이 답답해져 왔다.

　"혹시… 이 근방에 도서관이나 관청이 있나?"

"도서관?"

"간단히 지식을 습득하거나 세상의 물정을 파악할 수 있는."

"아아, 도서관! 있지!"

그녀는 미카엘이 든 유리판을 빼앗아 뭔가를 두드리기 시작했다.

타다다닥!

그러자 화면이 바뀌었다.

세상의 모든 지식 도서관!

"짜잔! 도서관! 그래, 요즘은 모든 지식이 도서관으로 통하지. 네가 뭘 좀 아는구나?"

"……."

미카엘은 고개를 가로저었다.

'쯧, 이년도 정상은 아니군.'

그녀는 계속해서 미카엘에게 설명을 이어나갔다.

"요즘은 도서관으로 어지간한 지식은 다 얻는다면서. 세상 참 편해졌어. 그치?"

"……."

미카엘은 이 여자가 하는 소리가 정말 제정신에서 하는 소리라면 뭔가 건질 수도 있겠다는 생각이 들었다.

'뭐, 그래, 어차피 밑져야 본전이니까.'

그는 노트북에 손을 올렸다.

"후우……."

"뭐 하는 거야?"

"쉿."

그의 심장에 박힌 대현자의 마정석은 지혜와 지식에 대한 특수한 능력들을 가지고 있었다.

마력과 뇌 능력을 두 배 이상 끌어올려 주는 기능도 있지만 그 밖에 현자가 갖추어야 할 많은 덕목을 내포하고 있었다.

그중에 하나는 세상물정을 단시간에 익힐 수 있는 '접속'이라는 기능이다.

접속은 책이나 어떤 기억의 사념 등에 직접적으로 접속하여 그 안에 있는 지식을 자신의 것으로 만들어낸다.

미카엘은 노트북이라는 물건에 내장된 도서관과 자신의 마정석을 접속시켰다.

그러자 엄청난 지식이 미카엘의 머릿속으로 쏟아져 들어왔다.

끼이이이이잉!

이제 인터넷 매체가 미카엘의 마정석과 연동되면서 세상의 모든 지식을 실시간으로 검색하고 습득할 수 있게 되었다.

한마디로 미카엘은 걸어 다니는 인터넷 데이터베이스인 셈이다.

그제야 미카엘은 지금까지 자신에게 벌어진 일들에 대해서 이해할 수 있었다.

'일이 복잡해졌구나. 설마하니 탑이 폭발하면서 지구라는 차원과 섞여 버리다니.'

미카엘이 살던 곳은 유페리우스 계이다.

이곳 은하계와는 정반대의 차원이지만 무한의 탑이 폭발하면서 아공간에 구멍이 뚫린 것이다.

아마도 그 아공간의 구멍으로 무한의 탑이 빨려들어 가면서 지구에 대폭발을 일으킨 것 같았다.

아마 미카엘이 이영우라는 소년으로 오해를 받는 것도 이와 무슨 관련이 있을 것이다.

미카엘은 일단 이 차를 타고 병원까지 가기로 했다.

"으음, 이제 머리가 좀 괜찮아지는 것 같기도……."

"오오, 그래?!"

"하지만 아직도 제가 누구인지 정확하게는 모르겠어요. 이곳이 대한민국이고 서울이라는 것밖에는."

"그래, 그 정도면 됐지, 뭐!"

그녀는 기뻐하였지만 미카엘은 머리가 뒤죽박죽이었다.

＊　　　　＊　　　　＊

이영우, 서울 태상그룹 총괄이사 이태필의 꽤나 유복한 집안의 아들로서 18년간 살아왔다.

하지만 얼마 전 지구 제2 폭발이 일어나면서 가족이 모두 실종되었다가 혼자서 살아남아 구조되었다.

현재 기억상실을 앓고 있는 것으로 추정되며 그 정도가 심해 자신의 이름조차 제대로 기억하지 못하고 있다.

여기까지가 미카엘이 아는 이영우에 대한 정보였다.

그러나 미카엘은 그가 어째서 가족과 함께 실종되었다가 혼자만 살아남았는지 잘 알고 있었다.

'폴리모프로 인한 신체의 이원화다. 제기랄, 나에게 이런 일이 벌어질 줄은 꿈에도 몰랐군.'

아공간이 폭발을 일으키면서 인류의 일원 중 일부가 차원의 틈으로 빨려들어 갔다.

차원의 틈으로 빨려들어 온 인간들 중 한 명은 폭발이 일어남과 동시에 미카엘의 용체로 흡수되었다.

거대한 본체를 유지하기엔 너무나도 많은 에너지가 소모되는 바, 미카엘의 신체는 본능적으로 생활하기 가장 적합하며 에너지의 소모가 적은 모습을 찾아냈다.

그것이 바로 인간이었고, 때마침 차원의 틈을 지나던 이영우라는 소년의 신체가 미카엘의 본체 앞을 스치고 지나면서 일이 벌어진 것이다.

미카엘의 신체는 이영우의 시신을 흡수하여 그의 외관, 유전자, 심지어 그 기억의 일부까지 취하게 되었다.

앞으로 미카엘이 인간으로 변신할 때마다 이영우의 모습으로 변하게 될 것이다.

한마디로 미카엘은 이영우를 흡수한 드래곤, 혹은 마신의 칭호를 얻은 자라는 소리였다.

'어머니의 선견지명은 대단하다. 내가 이런 상황에 처할지도 모른다는 것을 알고 계셨던 것인가?'

대현자의 마정석은 그저 지식만 얻는 수단이 아니다.

인간이나 드래곤, 혹은 물질계의 모든 생명체가 알지 못하는 오묘한 이치까지 깨우칠 수 있도록 도와주는 존재인 것이다.

만약 미카엘이 대현자의 마정석을 심장에 품지 않았다면 지금쯤 바보 천치가 되어 있을 수도 있었다.

딸깍, 딸깍!

백제병원 내외전문의 변현태는 미카엘의 동공 수축 반응 등을 살펴본 후 최종 진단을 내렸다.

그는 차트에 나온 미카엘의 정밀 진단 결과를 토대로 결론을 내리기로 한 것이다.

"기억상실, 그렇게밖에는 설명이 안 되네요. 외상에 대한 흔적도 없고 내상 역시 없습니다. 호르몬 수치도 정상이고 심박수, 혈압 등 모두 정상입니다."

"그렇군요."

"다만 심장에서 약간 잡음이 들리긴 합니다."

"잡음이요?"

당연한 소리였다.

미카엘의 심장에는 현재 세 개의 세력이 자리를 잡고 있다.

하나는 미카엘의 아버지가 유산으로 남긴 드래곤의 축복이고 또 하나는 대현자의 마정석이다.

그리고 또 하나는 미카엘의 심장을 삼 분할하여 한구석에 자리를 잡은 마신의 심장이다.

비록 클론의 심장이긴 하지만 미카엘은 마신을 해치우고 그 칭호를 얻었다.

이제 미카엘은 마신의 클론을 심장에 품은 또 다른 마신이 된 것이다.

의사는 미카엘에게 재검사를 권유하였다.

"심장에 이상이 있을 수도 있습니다. 정밀 진단을 한번 받아 봅시다."

"수치는 정상이라고 말씀하셨잖습니까."

"그랬죠. 하지만 영우 군."

미카엘은 고개를 저었다.

"아닙니다. 저는 괜찮아요."

"흠."

아무리 병원이라고 해도 환자에게 치료나 검사를 강요할 권한은 없었다.

변현태는 고개를 끄덕였다.

"뭐, 잘 알겠습니다. 그럼 내일 퇴원하는 것으로 하시죠."

"예, 알겠습니다."

미카엘은 일단 이 답답한 병원을 빠져나가서 생각해 보기로 했다.

*　　　　*　　　　*

병원을 나와 집으로 돌아가는 길, 미카엘은 복잡한 심경에 사로잡혔다.

"이곳으로 차원이동을 한 것은 확실한데……."

모든 정황이 차원이동을 방증하고 있었다.

시간과 공간마저도 뒤틀려 어떤 차원의 어떤 세계선을 타고 들어왔는지 알 수는 없지만, 이곳 지구라는 곳은 현재 몬스터들이 창궐해 있는 상태였다.

다행히도 인간들은 몬스터를 통하여 고도의 발전을 이뤄냈기에 내일 당장 지구가 멸망하는 일은 없을 것이다.

그러나 언제까지 이곳에서 계속 살아갈 수는 없는 노릇이다.

누가 뭐라고 해도 미카엘은 이방인이며 지구에선 살아갈 생각이 전혀 없었다.

그는 일단 자신의 현 상태에 대해서 알아보기로 했다.

"소환!"

땅의 신수인 골드 드래곤은 대지 계열 정령마법을 사용하는
데 한계점이라는 것이 없는 존재였다.

만약 원래대로였다면 정령계 최고의 권력자인 정령왕이 나타
나야 했다.

하지만 그의 예상은 보기 좋기 좋게 빗나가고 말았다.

쿠구구구국!

미카엘의 부름에 응한 정령은 땅의 정령 중에서도 가장 하급
인 노움이었다.

정령왕도 아니고 최상급 정령도 아니고 무려 노움이었다.

그는 당황하였다.

"노, 노움이라니……."

—쿨럭쿨럭!

설상가상으로 그의 부름을 받고 소환된 노움은 병약하기 그
지없었다.

—쿨럭쿨럭! 부르셨습니까?

"노움의 상태가 왜 이래? 거의 다 죽어가잖아?"

작고 귀여운 외모의 노움은 미카엘의 힘이 빠지면서 그 영향
으로 늙고 힘없는 노인의 모습이 되어 있었다.

허리는 구부정하고 머리는 다 벗겨져 금방이라도 쓰러질 것
만 같았다.

세월의 깊은 풍파까지 느껴지는 노움의 모습은 미카엘의 말문이 막히게 했다.

노움은 노환으로 잘 굽혀지지도 않는 고개를 90도로 숙였다.

덜덜덜.

"……"

—부, 분부가 있다면 내려주십시오, 쿨럭쿨럭!

"…끝이다. 난 이제 끝이라고."

머리를 부여잡은 미카엘에게 노움이 소리쳤다.

—시, 시키는 일이라면 무엇이든 다 할 수 있습니다! 이래 봬도 땅의 정령이니까요! 지금 당장 땅을 파볼까요?

"아니, 그럴 필요 없을 것 같아."

—하, 하지만…….

노움은 자신의 능력을 뽐내고 싶어 안달이 나 있었다.

간절한 눈빛으로 미카엘을 바라보는 노움은 도저히 거부할 수 없는 마력을 뿜어내었다.

"그, 그래, 한번 파봐."

—감사합니다!

"불안한데, 이거."

노움은 자신이 주인에게 쓸모가 있다는 것을 증명하기 위해서 최선을 다했다.

끄응!

그는 병원 뒷산 중턱에 있는 돌무더기와 잡초가 무성한 땅에 발을 디뎠다. 그리고 자신의 손을 곡괭이로 전환시켰다.

쿠그그그극!

신체의 변화가 가능한 노움은 원래 여러모로 쓸모가 많은 정령이었다.

하지만 그건 보통의 정령일 때의 얘기이다.

부웅!

노움이 구부정한 허리를 뒤로 젖혀 곡괭이를 튕겨내자 그의 허리에서 뼈 부러지는 소리가 마구 들려왔다.

우드드드드득!

으허억!

"이, 이봐."

─괜찮습니다!

노움이 땅으로 곡괭이를 내려치는 순간, 그의 입에서 새빨간 피가 한 움큼 뿜어져 나왔다.

푸하아아악!

우웨에에에엑!

"제기랄, 곡괭이질 한 번에 각혈을 하는데 무슨 일을 한다는 거야?!"

─…죄송합니다. 몸이 예전 같지가 않네요.

"휴우……."

이젠 정말 살아가야 할 길이 막막해진 미카엘이다.

* * *

지구의 이영우라는 소년은 꽤나 부잣집에서 태어난 아이였다.

금수저, 사람들은 그가 금수저를 물고 태어났다고 부러워하거나 시기하였다.

그러나 미카엘에겐 그런 모든 것이 무용지물이었다.

어차피 그는 언젠가 지구를 등지고 이곳을 떠날 것이기 때문이다.

"털어낼 것이라면 빨리 털어내는 것이 좋겠지."

미카엘은 자신이 공간이동을 해온 곳을 찾아가려 짐을 꾸렸다.

관악산 산비탈 아래에서부터 폭발이 시작되었다고 했으니 아마도 그곳으로 간다면 단서가 될 만한 물건을 찾을 수 있을지도 모른다.

그가 산비탈로 가보니 한창 합동 장례식이 진행되고 있었다.

영우의 부모는 이미 장례식을 치렀기 때문에 사실 이곳에 미카엘이 올 명분은 없었다.

그렇지만 이곳에서 부모를 잃은 영우를 가엽게 여긴 관계자들이 그를 안으로 들여보내 주었다.

"분향을 하러 왔나?"

"네, 그런 셈이죠."

"그래, 들어가서 분향하고 밥이나 먹고 가렴."

"그럴게요."

장례식장 안은 폭발 지역을 에둘러 설치되어 있었는데 그 분위기가 자못 슬펐다.

'죽음은 언제나 슬픈 법이지.'

그는 자신의 아버지가 돌아가실 때에도 하지 못한 분향을 이곳에서 하기로 했다.

미카엘은 분향소에 향을 올리고 절을 하여 생전에 못 한 아버지에 대한 예의와 도리를 갖추었다.

잠시 후, 그는 곧바로 폭발이 일어난 곳과 가장 가까운 장소로 향했다.

끼익, 끼익.

접근 금지 푯말이 바람에 흩날리는 이곳에선 여전히 피비린내가 나는 것 같았다.

"으음, 보기가 썩 좋지는 않군그래."

미카엘이 폭발 지점으로 조금 더 가까이 다가가자 땅이 미묘하게 흔들렸다.

쿠그극!

순간, 미카엘은 고개를 갸웃거렸다.

"…땅이 나와 공명하는 건가?"

다시 한번 발을 디딘 미카엘에게로 금빛 아우라가 뿜어져 나왔다.

쏴아아아아!

아우라가 뿜어져 나온 곳은 이 땅 아래에 잠들어 있는 지하였다.

미카엘은 그제야 이곳 지하가 아버지가 남긴 '드래곤의 영토'라는 것을 깨달았다.

"드래곤의 영토다! 이것이 이런 곳에 남아 있을 줄이야!"

그가 영토에 손을 대자 그 안에 잠재되어 있던 힘이 서서히 표출되는 것을 느꼈다.

드래곤의 영토는 드래곤에게 무한한 힘을 가져다주는 영험한 토지이다.

이 토지를 잘 개간하여 금빛 꽃을 피우게 된다면 미카엘이 이곳을 빠져나가 새로운 차원을 향해 갈 수 있을지도 몰랐다.

그는 되도록 생명체가 없고 자신이 살기 좋은 곳을 찾아서 떠날 계획이다.

"좋아, 영토를 한번 개간해 보자고."

미카엘은 지구를 탈출할 장대한 계획을 세웠다. 그런데 문제는 지금 당장 이곳을 탈출할 만한 힘이 없다는 점이다.

혼자서 이 거대한 땅덩어리를 개간한다는 것은 말도 안 되는 일이었다.

"으음."

그는 고민에 빠졌다.

하지만 그가 해답을 찾는 데는 그리 오랜 시간 걸리지 않았다.

인터넷을 통해 알아본 이곳은 지그르트, 그러니까 몬스터들이 자생하는 공간이었다. 한마디로 잘만 하면 그놈들을 정신력으로 지배할 수도 있다는 뜻이다.

"밑져야 본전이다."

그는 일꾼으로 쓸 몬스터를 구하기 위해 조금은 위험한 여행을 떠나기로 했다.

＊　　　　　＊　　　　　＊

태백산맥 중엽에는 1980년대에 있던 제2 폭발의 근원지로 여겨지는 '섹터 오메가'가 자리 잡고 있다.

섹터 오메가의 옛 등산로에 작은 섹터가 자리 잡고 있었다.

이 작은 섹터에선 고블린이나 코볼트와 같은 하급 중의 최하급 몬스터가 등장하기 때문에 인간들의 가장 좋은 코어 수입원이 되고 있었다.

하여 대한민국 정부는 이곳을 공식적인 제1 코어섹터로 명명하고 국가 공인 헌터들에게만 레이드를 허가하였다.

휘이이이잉!

비록 작은 섹터에 불과한 곳이지만 이곳에서도 꽤나 을씨년 스러운 바람이 불어오고 있다.

제1 코어섹터 관리사무소는 그런 섹터의 초입에 자리 잡고 있었다.

레이드관리국 소속 공무원들은 이곳에서 한 달간 기거하며 코어 수렵을 관리하고 있었다.

한 달에 한 번씩 교대조가 들어와 밀어내기 식으로 교대하여 행여나 있을 밀렵이나 섹터의 개체 수 폭발을 관리하게 된다.

섹터 관리사무소의 초소에 앉은 두 청년이 교대로 자면서 CCTV를 바라보고 있다.

"하아아암!"

"이 을씨년스러운 곳에서 잠이 오나?"

"그럼 어째? 한 달 동안 뜬눈으로 지낼까?"

"하여간 강심장이야."

몬스터 중에선 아주 약한 축에 속하지만 레이드를 전담하는 국가 공인 헌터나 용병들이 아니고서야 고블린은 공포의 대상 이었다.

늘어지게 하품을 한 청년은 섹터의 관리 매뉴얼을 내밀었다.

"자, 봐봐. 지금과 같은 봄은 레이드 금지 기간이라고. 그게 뭘 뜻하겠어? 저 안에는 병약하거나 하자가 있는 개체들밖에 없 다는 소리야."

"뭐, 그건 그렇지만……."

코어를 채취하는 것은 바다의 생선을 잡아들이는 것처럼 일정의 기간을 두어야 한다.

제1 섹터처럼 안정적이고 수준이 낮은 섹터는 특히나 몬스터의 씨가 마를 수 있음으로 그 완급 조절이 필요했다.

때문에 한창 레이드를 끝내고 난 이후엔 사냥을 금지하고 공격대 파견을 중단하였다.

아마도 지금은 싸움을 할 수 있는 개체가 거의 없을 것이다.

"안심해. 자네가 그저 새가슴인 것뿐이야."

"끄응."

두 사람이 논쟁을 벌이고 있을 무렵이다.

끄에에엑!

저 멀리서 괴기한 울음소리가 들려왔다.

"…어, 어라?!"

"자네도 들었어?"

"뭐, 뭐지?"

그들은 울음소리에 조금 더 귀를 기울였다.

…끄에에엑!

"으음, 섹터 안에서 나는 소리 같은데?"

"그럼 누군가 안에서 레이드를 벌이고 있는 건가?"

"말도 안 되는 소리. 우리가 이곳을 지키고 있는데 누가 레이드를 벌여? 말도 안 되는 소리지."

CCTV는 섹터 주변을 철통같이 지키고 있기 때문에 정상적인 방법으론 레이드가 불가능했다.

두 청년은 다시 의자에 어깨를 파묻고 앉았다.

"그러고 보니 봄이니까 암컷을 두고 싸움을 벌이고 있는 것인지도 모르지."

"쟤네들도 짝짓기를 하나?"

"그럼 고블린이 알을 낳겠냐?"

"새끼를 낳나? 젖을 먹인다는 소리는 못 들어봤는데."

"…아, 아닌가?"

두 사람의 갑론을박이 계속되었다.

*　　　*　　　*

제1 코어섹터에 때 아닌 난리가 벌어졌다.

—도망쳐!

"이놈, 뛰어봤자 고블린이지!"

고블린 중에는 150년을 산 개체가 있었는데 그놈은 풍부한 경험으로 무리를 이끌고 있었다.

몬스터가 수만 갈래로 분화하면서 이런 놈들이 생겨난 것이고, 미카엘은 이놈들 때문에 멸망을 경험하게 된 것이다.

미카엘은 장수한 노인 고블린의 엉덩이를 힘껏 발로 찼다.

"에잇, 이거나 먹어라!"

퍼억!

끄헤에엑!

엉덩이를 얻어맞은 고블린이 여지없이 포물선을 그리며 날려갔다.

거대한 쓰레기통으로 변신한 노움은 뚜껑을 열어 고블린을 받아냈다.

철컹!

쿨럭쿨럭!

힘을 주거나 움직이는 것이라면 몰라도 그냥 형태만 바꾸어 대기하는 것은 노움에게도 그리 어려운 일이 아니었다.

미카엘은 일꾼으로 쓸 고블린들을 찾아서 돌아다녔다.

이곳 섹터에서 고블린을 조달하여 드래곤의 영토로 데리고 가면 충분히 경작이 가능하기 때문이다.

하지만 이곳에 있는 고블린의 상태도 그리 좋아 보이지는 않았다.

때마침 봄철 포획 금지 기간이 막 끝난 터라 쌩쌩한 고블린은 전부 다 죽어나가고 없었던 것이다.

지금은 노약자나 패잔병만 남아 이곳을 지키고 있었다.

크헥, 크헥.

"흠, 이놈들도 썩 좋은 개체는 아니군."

고블린은 새끼를 잉태하게 되면 부락을 떠나 혼자서 생활하는 습성을 가지고 있기 때문에 섹터에는 암컷이나 새끼는 없었다.

미카엘은 차라리 잘되었다고 생각했다.

"새끼와 암컷이 없으면 더 좋지, 뭐. 어차피 부려먹기엔 좀 거시기할 테니까."

그는 부상을 입었지만 그나마 거동이 가능할 것 같은 개체의 엉덩이를 발로 뻥 차버렸다.

퍽!

끄이에엑!

목구멍이 찢어져라 비명을 지르며 날려간 놈은 여지없이 쓰레기통에 안착하였다.

철컹!

―쿨럭쿨럭! 주인님, 잡았습니다.

"지금까지 내가 잡은 고블린이 몇 마리지?"

―대략 열다섯 마리입니다.

"딱 다섯 마리만 더 잡고 나가자."

―한데 주인님, 이놈들이 과연 말을 들을까요?

"그거야 그때 가봐서 생각할 문제이고."

미카엘은 계속해서 고블린들을 잡기 위해 돌아다녔다.

　　　　*　　　　　*　　　　　*

　드래곤의 영토 안, 미카엘이 마구 욕설을 퍼붓는 고블린들 앞에 서 있다.

　—키혜에엑! 이런 빌어먹을 놈!

　—죽어라! 죽어라!

　병약한 개체 중에서도 그나마 쓸 만한 놈들을 데리고 왔더 니 이 난리를 피우고 있다.

　미카엘은 자신의 생각이 잘못되었나 싶었다.

　"우두머리가 없으면 오합지졸일 줄 알았더니 오히려 성질이 더 더러워졌군."

　—케헥, 퉤! 이거나 먹어라!

　"……"

　키혜헤헤헤헤!

　심지어 자신의 얼굴에 침을 뱉는 고블린까지 있었으니 미카 엘이 열받지 않으면 성인군자일 것이다.

　드래곤은 원래 이성적인 존재이지만 억겁의 시간 동안 전투 만 치르고 살아서 미카엘에겐 해당이 안 되는 말이었다.

　그는 말보다 주먹이 먼저 나가는 드래곤이었다.

　"이 새끼가 가만히 있으니까 이 몸이 도마뱀으로 보이나?!"

　퍼억!

─키헤엑! 도마뱀이 고블린 친다!

"이런 개새……!"

퍽퍽퍽퍽!

미카엘은 고블린의 주둥이가 피떡이 될 때까지 마구 주먹을 꽂아 넣었다.

케헥, 케헥!

"이 새끼가 나를 시험에 들게 했겠다!"

그는 동굴 한구석에 있는 몽둥이를 집어 들었다.

사람인지 짐승인지 모를 것의 피와 살점이 붙어 있는 몽둥이는 손때가 잔뜩 묻어 있었다.

조금 찝찝한 감이 있긴 해도 손에 착 감기는 것이 구타를 하기엔 제격이었다.

"느낌이 아주 나쁘지는 않군."

미카엘은 만족스러운 표정이었으나 정작 구타를 당할 고블린의 눈동자는 격하게 흔들리고 있다.

─…키헥! 피, 피다!

"그래, 피다. 이젠 네 피가 묻겠지."

미카엘은 드래곤 체술을 사용하여 고블린을 마구 쥐어 패기 시작했다.

빠악!

크헤엑!

그는 몽둥이로 둔부를 한 대 후려친 후 팔꿈치로 이마를 마구 타격하였다.

퍽, 퍽, 퍽!

미카엘에게 멱살을 잡힌 채로 계속 이마를 구타당하니 천하의 성질머리 더러운 고블린이라도 조금은 순해진 것 같았다.

진정한 공포, 고블린에게선 그런 것이 보였다.

한 놈을 때려잡자 나머지 개체들은 알아서 고개를 조아렸다.

─키헥, 네가 대장이다.

"진즉 그럴 것이지."

미카엘은 고블린의 섹터에서 함께 가지고 온 조악한 무기들을 나누어 주었다.

고블린들은 돌이나 바위조각 따위를 새끼줄로 엮어 무기로 사용할 수 있는 수준의 지능을 소유했다.

아마 미카엘이 지시한 내용을 이해하지 못하진 않을 것이다.

"노움!"

쿠그그그극!

"이놈들의 무기를 호미와 곡괭이로 만들어줘."

─쿨럭쿨럭! 알겠습니다!

병색이 완연한 노움이지만 돌도끼를 호미로 바꾸고 돌덩이가 달린 창을 곡괭이로 바꾸는 일쯤은 할 수 있었다.

사각사각!

노움이 돌도끼와 돌덩이 창을 조각하여 호미와 곡괭이를 만들어냈다.

"자, 그럼 작업을 시작해 볼까?"

—케헥……

미카엘은 받은 만큼 돌려주는 드래곤이다. 반항은 이들에게 죽음으로 돌아갈 것이다.

*　　　　*　　　　*

지하에서의 경작이 무려 4년 이상 지속되었고, 미카엘은 드디어 자신이 차원이동을 할 수 있을 정도의 힘을 얻게 되었다.

그는 지구인들에겐 미안하지만 제4차 폭발을 준비하였다.

"어쩔 수 없다. 사람을 잘못 만난 것이라고 생각해라."

미카엘은 공간이동마법의 주문을 외웠다.

스스스스스!

순간, 공간이 뒤틀리면서 미카엘의 앞에 노란색 포털이 나타났다.

우우우웅!

그는 슬그머니 미소를 지었다.

"후후, 좋아. 드디어……!"

미카엘은 미련 없이 그 안으로 고개를 밀어 넣었다.

꿀렁!

얼마나 시간이 지났을까?

미카엘의 신형이 아공간을 타고 또 다른 세계에 안착하였다.

위이잉, 쿠웅!

"으윽!"

엉덩방아를 찧으며 나타난 미카엘은 곱게 다져진 땅 위에 내려앉았다.

그가 고개를 돌려 주변을 바라보니 지구와는 또 다른 모습의 고도화 문명이 자리를 잡고 있다.

"이건⋯⋯."

어리둥절한 표정의 미카엘에게로 한 여인이 다가왔다.

"괜찮아요?"

"허, 허억! 엘프?!"

순간, 그의 몸이 딱딱하게 굳어버렸다.

그녀가 굳어버린 미카엘에게 물었다.

"어디서 공간이동을 해서 오신 거죠? 서부대륙인가요? 생긴 것이 영 딴판인데."

"⋯서부대륙?"

"그래요. 엘프왕국 연합체끼리는 자유롭게 이동이 가능하니까 그럴 가능성이 높아보여서요."

미카엘은 대현자의 마정석을 이용하여 이 세계의 지식을 총동원해 보았다.

잠시 후, 그의 머리에 이곳 엘븐테라에 대한 정보가 나왔다.

'운이 좋았군.'

이때까지만 해도 미카엘은 이곳에서 그저 공간이동을 위한 마력을 모으기 좋겠다고 생각하였다.

그러나 아주 먼 훗날, 미카엘은 용족과 하프엘프의 시조가 되고 새로운 왕국의 기틀을 마련하게 된다.

이로써 엘븐테라에는 엘프를 제외한 새로운 종족이 탄생하게 된 것이다.

『도시 마도사』 완결

초대형 24시 만화방

신간 100%, 샤워실, 흡연실, 수면실(침대석), 커플석, 세탁기 완비

▪ 시흥 정왕25시점 ▪

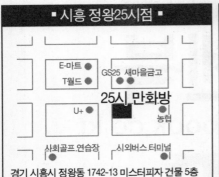

경기 시흥시 정왕동 1742-13 미스터피자 건물 5층
031) 319-5629

▪ 강북 노원역점 ▪

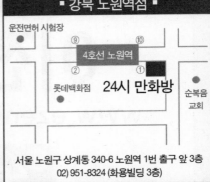

서울 노원구 상계동 340-6 노원역 1번 출구 앞 3층
02) 951-8324 (화용빌딩 3층)

▪ 일산 정발산역점 ▪

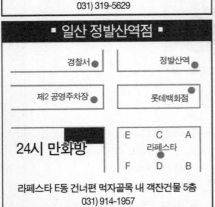

라페스타 E동 건너편 먹자골목 내 객잔건물 5층
031) 914-1957

▪ 일산 화정역점 ▪

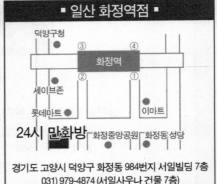

경기도 고양시 덕양구 화정동 984번지 서일빌딩 7층
031) 979-4874 (서일사우나 건물 7층)

▪ 부천 역곡역점 ▪

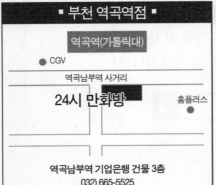

역곡남부역 기업은행 건물 3층
032) 665-5525

▪ 부평역점 ▪

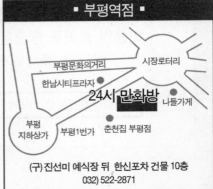

(구) 진선미 예식장 뒤 한신포차 건물 10층
032) 522-2871

이계진입 리로디드

임경배 퓨전 판타지 소설

FUSION FANTASTIC STORY

『권왕전생』 임경배의 2015년 신작!

『이계진입 리로디드』

왕의 심장이 불타 사라질 때,
현세의 운명을 초월한 존재가 이 땅에 강림하리라!

폭군으로부터 이세계를 구원한 지구인 소년 성시한.
부와 명예, 아름다운 연인…
해피엔딩으로 이야기는 끝인 줄 알았건만
그 대가는 지구로의 무참한 추방이었다.
그리고 10년 후……

"내가 돌아왔다! 이 개자식들아!"

한 번 세상을 구한 영웅의 이계 '재'진입 이야기!

Book Publishing CHUNGEORAM

유행이 아닌 자유추구
WWW. chungeoram.com

GRAND SLAM

FUSION FANTASTIC STORY

자미소 장편소설

그랜드슬램

2016년의 대미를 장식할 최고의 스포츠 소설!!

Career record : 984W 26L
Career titles : 95
Highest ranking : No.1(387weeks)
Grand Slam Singles results : 23W
Paralympic medal record : Singles Gold(2012, 2016)

**약 십 년여를 세계 최고로 군림한 천재 테니스 선수.
경기 내내 그의 몸을 지탱하고 있는 것은…… 휠체어였다.**

『그랜드슬램』

휠체어 테니스계의 신, 이영석(32).
그는 정상의 자리에서도 끝없는 갈망에 사로잡혀 있었다.

"걷고 싶다, 뛰고 싶다. …날고 싶다!!"

**뛸 수 없던 천재 테니스 선수
그에게, 날개가 달렸다!!!**

Book Publishing CHUNGEORAM

유령이 아닌 자유추구 -
WWW. chungeoram.com